mãn

KIM THÚY

mãn

Libre Expression
Une société de Québecor Média

Catalogage avant publication de Bibliothèque et Archives nationales du Québec et
Bibliothèque et Archives Canada

Thúy, Kim
Mãn
ISBN 978-2-7648-0497-1
1. Thúy, Kim - Romans, nouvelles, etc. I. Titre.

PS8639.H89M36 2013   C843'.6   C2012-942693-8
PS9639.H89M36 2013

Édition : JOHANNE GUAY
Collaboration à la direction littéraire : JULIE MACQUART
Révision linguistique : PASCALE JEANPIERRE
Correction d'épreuves : CATHERINE FOURNIER
Couverture et grille graphique intérieure : MARIKE PARADIS
Illustration de la couverture et du rabat : JULIE MASSY
Mise en pages : CLÉMENCE BEAUDOIN
Photo de l'auteure : RAFAL MASLOW

Cet ouvrage est une œuvre de fiction ; toute ressemblance avec des personnes ou des
faits réels n'est que pure coïncidence.

Remerciements
Nous reconnaissons l'aide financière du gouvernement du Canada par l'entremise du
Fonds du livre du Canada pour nos activités d'édition.
Nous remercions le Conseil des Arts du Canada et la Société de développement des
entreprises culturelles du Québec (SODEC) du soutien accordé à notre programme de
publication.
Gouvernement du Québec — Programme de crédit d'impôt pour l'édition de livres —
gestion SODEC.

Les Éditions Libre Expression
Groupe Librex inc.
Une société de Québecor Média
La Tourelle
1055, boul. René-Lévesque Est
Bureau 300
Montréal (Québec) H2L 4S5
Tél. : 514 849-5259
Téléc. : 514 849-1388
www.edlibreexpression.com

Dépôt légal — Bibliothèque et Archives nationales du Québec et Bibliothèque et
Archives Canada, 2013

ISBN : 978-2-7648-0497-1

Distribution au Canada
Messageries ADP
2315, rue de la Province
Longueuil (Québec) J4G 1G4
Tél. : 450 640-1234
Sans frais : 1 800 771-3022
www.messageries-adp.com

être allongé contre toi
je suis allongé contre toi, tes bras
me tiennent. tes bras
tiennent plus que ce que je suis.
tes bras tiennent ce que je suis
quand je suis allongé contre toi et
que tes bras me tiennent.

Ernst Jandl*

*   Dans Richard David Precht, *Amour – Déconstruction d'un sentiment*, traduit de l'allemand par Pierre Deshusses, Belfond, 2011.

Maman et moi, nous ne nous ressemblons pas. mẹ
Elle est petite, et moi je suis grande. Elle a le teint •
foncé, et moi j'ai la peau des poupées françaises. mères
Elle a un trou dans le mollet, et moi j'ai un trou
dans le cœur.

Ma première mère, celle qui m'a conçue et mise
au monde, avait un trou dans la tête. Elle était une
jeune adulte, ou peut-être encore une fillette, car
aucune femme vietnamienne n'aurait osé porter
un enfant sans porter un jonc au doigt.

Ma deuxième mère, celle qui m'a cueillie dans un
potager au milieu des plants d'okra, avait un trou
dans la foi. Elle ne croyait plus aux gens, surtout
quand ils parlaient. Alors, elle s'est retirée dans
une paillote, loin des bras puissants du Mékong,
pour réciter des prières en sanskrit.

Ma troisième mère, celle qui m'a vue tenter mes
premiers pas, est devenue Maman, ma Maman. Ce
matin-là, elle a voulu ouvrir ses bras de nouveau.
Alors, elle a ouvert les volets de sa chambre, qui
jusqu'à ce jour étaient restés fermés. Au loin, dans
la lumière chaude, elle m'a vue et je suis devenue
sa fille. Elle m'a donné une seconde naissance
en m'élevant dans une grande ville, un ailleurs
anonyme, au fond d'une cour d'école, entourée
d'enfants qui m'enviaient d'avoir une mère enseignante et marchande de bananes glacées.

Chaque matin, très tôt, avant le début des classes, nous faisions les courses. Nous commencions par la marchande de noix de coco matures, celles qui sont riches en chair et pauvres en jus. La dame nous râpait la première moitié de la noix à l'aide d'une capsule récupérée sur une bouteille de boisson gazeuse et fixée au bout d'un bâton plat. De grandes lamelles tombaient en frise décorative comme des rubans sur la feuille de bananier étalée sur le kiosque. Cette marchande parlait sans cesse et posait toujours la même question à Maman : « Qu'est-ce que vous lui donnez à manger à cette enfant pour qu'elle ait des lèvres si rouges ? » Pour éviter sa remarque, j'avais pris l'habitude de retourner mes lèvres vers l'intérieur, mais la vitesse à laquelle elle râpait la seconde moitié de la noix me fascinait tant que je l'observais toujours avec la bouche entrouverte. Elle mettait son pied sur une longue spatule en métal noir dont une partie du manche était posée sur un petit banc en bois. Sans regarder les dents pointues du bout arrondi de la spatule, elle émiettait la chair en grattant la noix avec la rapidité d'une machine.

La chute des miettes par le centre troué de la spatule ressemble peut-être au vol des flocons de neige au pays du Père Noël, disait toujours Maman, qui en fait citait sa mère. Elle faisait parler sa mère pour l'entendre de nouveau. De même, chaque fois qu'elle voyait des garçons jouer au soccer avec une canette vide, elle chuchotait immanquablement « londi », comme sa mère.

C'était mon premier mot de français, « londi ».
En vietnamien, *lon* signifie canette et *đi*, partir.
Ces deux sons ensemble en français font « lundi »
dans l'oreille d'une Vietnamienne. À la manière de
sa mère, elle m'a enseigné ce mot en me demandant de pointer la canette avant de lui donner un
coup de pied et de dire : « lon-di » pour lundi.
Ce deuxième jour de la semaine est le plus beau
de tous parce que sa mère est décédée avant de
lui apprendre à prononcer les autres jours. Seul
le lundi était rattaché à une image claire et inou-
bliable. Les six autres jours étaient absents de
références, donc semblables. C'est pourquoi ma
mère confondait souvent le « mardi » avec le
« jeudi » et inversait parfois le « samedi » et le
« mercredi ».

thứ 2
.
lundi

thứ 3
.
mardi

thứ 4
.
mercredi

thứ 5
.
jeudi

thứ 6
.
vendredi

thứ 7
.
samedi

chủ nhật
.
dimanche

Mais, avant le départ de sa mère, elle avait eu le temps d'apprendre à extraire le lait de la noix de coco en pressant dans ses paumes les boules de chair émiettée imbibée d'eau chaude. Les mères enseignaient à leurs filles à cuisiner à voix basse, en chuchotant, afin d'éviter le vol des recettes par les voisines, qui pourraient séduire leurs maris avec les mêmes plats. Les traditions culinaires se transmettaient en secret, tels des tours de magie entre maître et apprenti, un geste à la fois, selon le rythme du quotidien. Dans l'ordre naturel, les filles apprenaient donc à mesurer la quantité d'eau pour le riz avec la première phalange de l'index, à tailler les « piments vicieux » (*ớt hiểm*) avec la pointe du couteau pour les transformer en fleurs inoffensives, à éplucher les mangues de la base à la pointe pour ne pas contredire le sens des fibres…

C'est ainsi que j'ai appris de ma mère que, des dizaines de sortes de bananes vendues au marché, seules les bananes *chuối xiêm* peuvent être aplaties sans se briser et glacées sans noircir. Lorsque je suis arrivée à Montréal, j'ai préparé cette collation pour mon mari, qui n'en avait pas mangé depuis une vingtaine d'années. Je voulais qu'il goûte de nouveau le mariage typique des arachides et de la noix de coco, deux ingrédients qui, dans le sud du Vietnam, se retrouvent autant dans les desserts que dans les petits-déjeuners. J'espérais pouvoir servir et accompagner mon mari sans rien remuer, un peu comme ces saveurs qui passent presque inaperçues en raison de leur permanence.

chuối
•
banane

chồng
·
mari

Maman m'a confiée à cet homme par amour maternel, de la même manière que la moniale, ma deuxième mère, m'avait remise à elle en pensant à mon avenir. Puisque Maman préparait sa mort, elle a cherché pour moi un mari qui devait avoir les qualités d'un père. Une de ses amies, marieuse pour l'occasion, est venue nous rendre visite un après-midi avec lui. Maman m'a demandé de servir le thé, sans plus. Je n'ai pas regardé le visage de cet homme, même lorsque j'ai déposé la tasse devant lui. Mon regard n'était pas requis, seul le sien comptait.

thuyền nhân
·
boat people

Il venait de loin et avait peu de temps. Plusieurs familles l'attendaient pour lui présenter leur fille. Il était originaire de Saigon mais avait quitté le Vietnam à vingt ans, par bateau, en *boat people*. Il avait passé plusieurs années dans un camp de réfugiés en Thaïlande avant d'arriver à Montréal, où il avait trouvé du travail mais pas tout à fait un pays. Il était de ceux qui ont vécu trop longtemps au Vietnam pour pouvoir devenir canadiens. Et, à l'inverse, qui ont vécu trop longtemps au Canada pour être vietnamiens de nouveau.

Lorsqu'il s'est levé de notre table, sa démarche vers văn hóa
·
culture la porte était celle d'un homme incertain, perdu entre deux mondes. Il ne savait plus s'il devait franchir le seuil avant ou après les femmes. Il ne savait plus si sa voix devait être celle de la marieuse ou la sienne. Ses hésitations lorsqu'il s'est adressé à Maman nous ont toutes terrassées. Il l'appelait pêle-mêle « grande sœur » (*Chị*), « tante » (*Cô*) et « grande-tante » (*Bác*). Personne ne lui en a tenu rigueur parce qu'il venait d'ailleurs, d'un lieu où les pronoms personnels existent pour pouvoir rester impersonnels. En l'absence de ces pronoms, la langue vietnamienne impose une posture dès le premier contact : le plus jeune des deux interlocuteurs doit respect et obéissance au plus âgé et, inversement, ce dernier doit conseils et protection au plus jeune. Si quelqu'un écoutait une conversation entre les deux, il serait capable de deviner que, par exemple, le jeune est le neveu d'un des frères aînés de sa mère. De même, si la conversation se tenait entre deux personnes sans lien familial, il serait également possible de déterminer si le plus vieux est moins âgé que les parents de l'autre. Dans le cas de mon futur mari, il aurait partiellement exprimé son intérêt pour moi s'il avait appelé Maman « *Bác* » puisque « grande-tante » aurait élevé Maman au rang de ses parents et aurait sous-entendu sa position de belle-maman. Mais l'incertitude l'avait embrouillé.

quạt máy
•
ventilateur

À notre grand étonnement, il est revenu le lendemain avec en offrande un ventilateur, une boîte
de biscuits à l'érable et une bouteille de shampooing. Cette fois, j'étais obligée de m'asseoir
entre Maman et la marieuse, en face de cet homme
et de ses parents, qui exposaient sur la table des
photos de lui au volant de sa voiture, de lui devant
des tulipes, de lui dans son restaurant tenant deux
grands bols avec son pouce qui frôlait le bouillon
brûlant. Beaucoup de photos de lui, toujours seul.

hoa
phượng
•
flamboyant

Maman a consenti à une troisième visite le surlendemain. Il a demandé un temps en tête à tête
avec moi. Au Vietnam, les cafés avec leurs chaises
faisant face à la rue, comme en France, étaient des-
tinés aux hommes. Les filles sans fond de teint ni
faux cils ne buvaient pas de café, du moins pas en
public. Nous aurions pu prendre des *smoothies* au
corossol, au sapotier ou à la papaye chez le voisin,
mais ce coin de jardin garni de petits tabourets en
plastique bleu semblait être réservé aux sourires
voilés des écolières et aux effleurements timides
des jeunes mains amoureuses. Or, nous n'étions
que de futurs époux. De tout le quartier, il ne nous
restait que le banc de granit rose devant la rangée
d'appartements des enseignants, dont le nôtre,
dans la cour d'école, sous le flamboyant lourd de
fleurs mais aux branches délicates et gracieuses
comme les bras d'une ballerine. Les pétales rouge
vif recouvraient le banc tout entier avant qu'il en
dégage une partie pour s'y asseoir. Je suis restée
debout à le regarder et je regrettais qu'il ne puisse

se voir entouré de toutes ces fleurs. À cet instant précis, j'ai su que je resterais toujours debout, qu'il ne penserait jamais à me faire une place à côté de lui parce qu'il n'était qu'un homme seul et esseulé.

con sóc

écureuil

Je lui ai tendu le verre de limonade à la lime salée que ma mère lui avait préparé. Lui-même ressemblait à ces limes brunes marinées dans le sel, chauffées au soleil et dénaturées par le temps, car son regard était non pas vieux, mais vieilli, presque flou, délavé.

— Tu as déjà vu un écureuil ?

— Juste dans les livres.

— Je repars demain.

— ...

— Je t'envoie les papiers.

— ...

— Nous aurons des enfants.

— Oui.

Il m'a remis ses coordonnées écrites à la main sur une feuille pliée en deux. Il est reparti d'un pas lent et effacé comme celui du soldat qui avait remis à Maman ce poème également écrit sur un papier plié en deux :

Anh tặng em
Cuộc đời anh không sống
Giấc mơ anh chỉ mơ
Một tâm hồn để trống
Những đêm trắng mong chờ

Anh tặng em
Bài thơ anh không viết
Nỗi đau anh đi tìm

Màu mây anh chưa biết
Tha thiết của lặng im

Je t'offre
La vie que je n'ai pas vécue
Le rêve dont je ne peux que rêver
Une âme que j'ai laissée vide
Pendant des nuits blanches d'attente

Vers toi je porte en offrande
Le poème que je n'ai pas écrit
La douleur vers laquelle je me tends
La couleur du nuage que je n'ai pas connue
Les désirs du silence[1].

---

1. Việt Phương, *Cửa đã mở*, *Thơ*, 2008. Traduction de l'auteure.

áo dài
·
tunique

Il s'appelait Phương. Maman le connaissait depuis qu'il jouait à la « pétanque » en lançant des sandales. Elle l'a remarqué parce qu'il manquait toujours son coup quand elle le croisait sur le chemin du retour de l'école. Ses coéquipiers disaient que Maman lui portait malchance. Lui, il attendait sa chance, tous les jours à la même heure, même s'il ne savait pas encore ce qu'il attendait. Il a pu nommer précisément cette attente seulement quand il l'a vue arriver pour la première fois en *áo dài* blanc, l'uniforme de sa nouvelle école, dont le nom brodé en bleu sur une étiquette était cousu entre son épaule et son sein gauche. Au loin, les pans de sa tunique soufflés par le vent la transformaient en un papillon au vol léger et à la destination inconnue. À partir de ce moment précis, il ne manquait plus aucune des sorties de classe de Maman et la suivait de loin jusque chez elle.

guốc
·
sandales
de bois
avec talons

Il lui a adressé la parole pour la première fois longtemps après, quand le talon du soulier de Maman s'est cassé, comme l'avaient prévu ses demi-frères et demi-sœurs. Il s'est précipité spontanément vers elle pour lui proposer ses sandales, avant de repartir avec le soulier au talon brisé. Il s'est étonné de constater des traces de scie dans le bois quand il a tenté de le réparer chez un cousin, fabricant de cercueils. Le lendemain, il l'attendait devant le bougainvillier qui adoucissait le métal sévère de la porte d'entrée de la maison du juge. Dès qu'il a vu Maman franchir la première dalle de l'allée, il s'est penché pour déposer les souliers

dans le bon sens, sur le seuil. Afin de ne pas com-
promettre la réputation de Maman, il s'est éloigné
de quelques mètres. Elle les a enfilés avant de
déposer à son tour, dans les traces de ses propres
pieds, les sandales de Phương, celles qui lui avaient
permis de continuer sa route vers la maison sans se
salir, sans s'arrêter, sans pleurer.

Depuis que l'ombre de Phương suivait la sienne, elle ne pleurait plus sous son parapluie perforé à l'aiguille comme un tamis, parce que celui de Phương venait toujours la protéger avant que la première goutte tombe, et même avant que Maman voie l'apparition du premier nuage gris. Elle portait ainsi deux parapluies, l'un en dessous de l'autre, et Phương, tête nue, marchait trois pas derrière elle. Il n'avait jamais eu le désir de s'abriter sous le même qu'elle parce que, à deux, la pluie aurait pu ternir le lustre des cheveux noir ébène parfaitement lisses de Maman.

De l'extérieur du jardin peuplé de longaniers, de papayers et de jacquiers, il était impossible d'entendre le silence de Maman. Personne, à part les serviteurs, ne pouvait soupçonner que ses demi-frères et demi-sœurs s'amusaient à casser une dent de son peigne sur deux et à lui couper des mèches de cheveux pendant son sommeil. Maman réussissait à se convaincre de l'innocence de leurs gestes, ou du fait que ces gestes découlaient de l'innocence même. Elle se taisait pour préserver cette innocence et aussi celle de son père. Elle ne voulait pas que son père voie ses propres enfants s'entre-déchirer, car il était déjà à la fois témoin et juge de la déchirure de son pays, de sa culture, de son peuple.

Son père aurait préféré ne pas avoir d'enfants avec une seconde femme après le décès soudain de la première, car cette nouvelle épouse devenait inévitablement une *Mẹ Ghẻ*, une « mère froide ». Cependant, il n'avait pas encore de garçon qui assurerait la pérennité du nom de famille de son père et de tous les ancêtres qui le surveillaient et le portaient du haut de leur autel. Alors, cette « mère froide » a joué son rôle d'épouse en lui donnant des fils, et celui de parent à la manière des belles-mères de Blanche Neige, de Cendrillon et de toutes les princesses orphelines.

Il faut dire que *ghẻ* signifie également « gale ». Donc, afin d'être à la hauteur de ce titre disgracieux de « mère galeuse » qui lui avait été infligé, elle montrait à ses enfants comment détester Maman et ses grandes sœurs, comment tracer la ligne entre la première et la seconde portée, comment se différencier de ces filles même si tous avaient le même nez. Je me demande si cette « mère galeuse » aurait été moins amère si elle s'était appelée « belle-maman ». Aurait-elle moins craint la beauté des grandes sœurs de Maman ? Les aurait-elle mariées moins rapidement ?

Mẹ Ghẻ
•
mère
froide

23

Étant plus jeune, Maman attendait son tour de se faire donner en mariage en triant les débris de pierre et de gravier qui se mêlaient aux grains de riz comme des perles de prière. Sa mère froide interdisait aux cuisinières de l'aider afin de lui enseigner l'obéissance et la discipline. Elle a surtout appris comment devenir souple, indécelable, voire invisible. Au décès de sa mère, les gens lui disaient qu'elle était partie parce qu'elle avait terminé de payer sa dette sur terre. Alors, Maman écartait les pierres comme si elles faisaient partie de sa dette, un poids qui l'empêchait de s'envoler. Elle les enlevait dans l'espoir d'atteindre l'état d'apesanteur. Elle se réjouissait de voir son pot se remplir de ces impuretés repas après repas, jour après jour. Elle enterrait ce pot sous le manguier à côté de la boîte à biscuits métallique qui contenait *Une vie*, de Guy de Maupassant, un livre qu'elle avait pu sauver de la bibliothèque de sa mère. Sa mère froide avait besoin de l'espace sur l'étagère pour la circulation du vent autour du hamac. Elle avait peut-être raison puisque le pan de tissu accroché au plafond, servant d'éventail, déplaçait l'air qui se trouvait juste au-dessus du corps endormi de son mari.

Il revenait à Maman de tirer sur la corde pour faire bouger l'éventail de gauche à droite à un rythme régulier afin de chasser la chaleur sans toutefois brusquer la sieste de son père. Maman aimait ce moment privilégié avec lui, elle était certaine que la douceur répétitive du mouvement rassurait son père, lui confirmait qu'il existait une harmonie familiale.

quạt
·
éventail

Parfois, quand il était trop préoccupé pour pouvoir fermer l'œil, il lui demandait de réciter *Truyện Kiều*, l'histoire d'une jeune fille qui s'est sacrifiée pour sauver sa famille. Certains disent que, aussi longtemps que ce poème de plus de trois mille vers continuera d'exister, aucune guerre ne pourra faire disparaître le Vietnam. C'est peut-être pour cette raison que, depuis plus d'un siècle, même un Vietnamien analphabète peut en réciter des strophes entières.

Le père de Maman exigeait que tous ses enfants apprennent ce poème par cœur parce que l'auteur y dépeignait, entre autres, la pureté et l'abnégation, deux couleurs essentielles à l'âme vietnamienne. Quant à la mère de Maman, elle insistait sur les premiers vers du poème, qui rappellent au lecteur que tout peut changer, tout peut basculer en un clin d'œil.

Cent années, le temps d'une vie humaine,
    champs clos
Où sans merci, Destin et Talent s'affrontent
L'océan gronde là où verdoyaient les mûriers
De ce monde le spectacle vous étreint le cœur

Pourquoi s'étonner? Rien n'est donné sans
    contrepartie
Le Ciel bleu souvent s'acharne sur les beautés
    aux joues roses[2].

2. Nguyễn Du, vers 1-8, traduction de Nguyễn Khắc Viện.

Maman a vu sa vie se renverser au son du premier tir d'une embuscade entre deux rives, entre l'Est et l'Ouest, entre la résistance qui réclamait l'indépendance et le régime en place qui enseignait aux élèves aux yeux bridés à dire « nos ancêtres, les Gaulois » sans y voir d'incohérence. Elle se trouvait sur l'un des traversiers du Mékong quand les premières balles ont touché les passagers. Tout le monde s'est abaissé, par réflexe. Et, par réflexe, elle a relevé la tête pendant le premier silence qui préparait la deuxième rafale. Son voisin, un homme âgé aux dents manquantes, à la peau cuirassée et aux yeux vifs, a baissé sa tête en lui ordonnant de jeter tous ses papiers par-dessus bord : « Si tu veux survivre, dépars-toi de ton identité. »

Après, c'était le chaos. Les pleurs des enfants sup-
pliant leurs parents de se réveiller, le gloussement
des poules se débattant dans leur panier en osier
et la chute des objets tombant et glissant de gauche
à droite et de droite à gauche s'entremêlaient
pour créer la mélodie cacophonique typique de la
panique de l'inconnu et, surtout, du connu. Les
conflits s'inséraient dans les interstices du quotidien. Ils respiraient le même air que celui des filles
qui sautaient à la corde et partageaient les espaces
des garçons qui jouaient aux combats de criquets.
Les habitants ont appris à donner de l'argent aux
fonctionnaires le jour et du riz aux résistants le
soir. Ils marchaient entre deux lignes de tirs à pas
feutrés, en évitant de poser leurs pieds sur l'un ou
l'autre des territoires aux frontières invisibles et
changeantes selon l'heure. Ils restaient neutres en
embrassant les deux, comme un parent qui aime
ses deux fils ennemis.

Maman, sans ses papiers d'identité, pouvait continuer à être neutre quand des hommes armés lui
demandaient de se lever et de les suivre. Elle n'a
fait que trois pas avant de s'évanouir car elle avait
vu sa tunique blanche colorée de taches rouge sang.
Elle croyait avoir été atteinte, mais c'était le sang
des autres passagers, dont celui du voisin qui restait impassible devant les ordres donnés au bout
des canons et à coups de crosse.

Maman s'est réveillée dans le coin d'une hutte en paille, entourée de sons familiers. Tout près, les crépitements du charbon, le bruissement des feuilles de palmiers d'eau et le chuchotement des discussions étaient ponctués par le jappement des chiens et le claquement régulier du couteau contre la planche de bois. Le parfum de la citronnelle hachée caressait ses narines comme la main d'une mère sur sa joue. Elle a ainsi cessé d'avoir peur. Pourtant, elle ouvrait les yeux sur un monde qui lui était étranger et inconnu. Dans ce village, il n'y avait plus de « femme » ou « homme », ni de « tante » ou « grand-oncle », seulement des camarades. Elle est devenue camarade Nhẫn, un nom qu'elle s'est donné avant d'ouvrir les yeux pour la première fois, un nom qui n'avait pas de bagage ni de famille. Ce mot lui est venu presque naturellement parce qu'elle l'avait répété des centaines de fois devant les bassines de vêtements souillés de ses demi-frères et demi-sœurs. À chacune des taches et des salissures qu'ils avaient dessinées intentionnellement pour meurtrir la blancheur du coton et défier le rôle du savon à 72 %, comme celui de Marseille, elle prononçait tout bas « *kiên nhẫn* » – « patience » –, son mantra personnel, ou plutôt son accomplissement personnel, car elle avait fini par entendre la mélodie doucement ensorcelante du frottement des tissus mouillés et savonnés.

kiên nhẫn

patience

Elle a vécu dans ce village cinq ans en tant que Nhẫn, un nom porteur de message, comme tous les autres. Quelques-uns avaient choisi

« Détermination » (*Chí*). Quelques autres avaient préféré « Patrie » (*Quốc*), tandis que certains avaient osé « Courage » (*Dũng*) ou « Paix » (*Bình*). Tous avaient abandonné « Orchidée » (*Lan*), « Prospérité » (*Lộc*), « Neige » (*Tuyết*).

Elle aurait pu, peut-être, s'échapper et retourner chez elle parce qu'il n'y avait ni clôtures ni fils barbelés autour de ce village. Personne ne l'avait torturée. Personne ne l'avait attachée. Personne ne l'avait interrogée. On avait seulement exigé d'elle des dissertations et des présentations sur le patriotisme, le courage, l'indépendance, le colonialisme, le sacrifice. On ne lui avait pas demandé le nom de ses parents, le nombre de ses frères et sœurs et, surtout, jamais son vrai nom, car les membres de la résistance avaient quitté leur famille pour une cause collective qui éclipsait leur vie individuelle. Contrairement à elle, la plupart s'étaient joints à la résistance volontairement. Elle avait honte de n'avoir jamais ressenti le même amour inconditionnel envers ce pays qui était aussi le sien. Elle avait honte de vouloir rester à l'intérieur de ces frontières invisibles parce qu'elle voulait épargner à sa famille des soupçons et des accusations de trahison si elle retournait habiter avec eux après avoir vécu sur l'autre rive, chez l'ennemi. Elle y est restée aussi pour elle, pour éviter de vivre. Dans ce village, elle n'avait qu'à suivre.

Au début, elle suivait la routine des responsables mìn
de la cuisine et le groupe des soins médicaux. Plus ·
tard, une fois que ses pieds ont été protégés par mine
la corne et les cicatrices endurcies, elle marchait
pendant des semaines pour aller traduire, du français vers le vietnamien, des manuels de chimie à
ceux qui fabriquaient des mines dans le cœur de la
forêt tropicale. Un jour, elle a reçu l'ordre de suivre
une camarade portant une chemise vietnamienne
brune. Cette dernière l'a emmenée au marché, où
une femme habillée d'une blouse décolorée couleur lavande lui a remis une palanche. À un bout,
le panier contenait des liserons d'eau et, à l'autre,
des ignames. Ces énormes légumes-racines ont
fait pencher la palanche vers l'arrière quand elle a
déposé la latte de bambou sur son épaule. Maman
a perdu l'équilibre les premières secondes avant
de pouvoir synchroniser le rythme des deux poids
avec ses pas. Elle a traversé le point de contrôle sur
le pont en se fondant dans la foule. À quelques rues
de la sortie du pont, elle a perdu de vue la femme à
la blouse lavande. Mais, un peu plus loin, une autre
l'a interpellée en attrapant son bras.

— Petite sœur, est-ce que vos ignames sont bien
féculentes aujourd'hui ? Elles me semblent
bonnes. Mon fils vient de se faire arracher une
dent. Je veux lui faire un velouté d'igname pour
changer du velouté de riz. Il est difficile, mon fils.
Mais c'est un bon fils. Je n'aime pas du tout râper
l'igname. Ça me pique trop les mains. Vous pouvez
m'aider ? Vous pouvez venir à la maison et la râper
pour moi ? Venez ! Venez avec moi.

En suivant cette femme, elle commençait sans le savoir son travail d'espionne pour la résistance.

Elle a dormi dans la cuisine de cette femme pendant plusieurs semaines avant d'être déplacée de
nouveau dans une autre maison où sa présence
pouvait être utile. Pendant ce trajet qui traversait
une plantation de durians, au milieu de ces lourds
fruits épineux qui ne tombent heureusement que la
nuit, elle a aperçu son père en discussion avec deux
hommes. Elle a eu cette envie spontanée de courir
vers lui comme lorsqu'elle n'était qu'une fillette.
Son accompagnatrice a vu son chapeau conique
glisser vers l'arrière, dégageant son regard qui
trahissait son impulsion. Avant d'avoir pu tourner
son corps dans la même direction que ses yeux,
Maman a entendu : « *Đừng.* » L'accompagnatrice
ne lui a pas dit « Non », « Arrête » ou « Marche »,
mais bien « Retiens-toi ». Maman a bifurqué. Son
père semblait avoir beaucoup vieilli en cinq ans.
Il avait encore sa posture imposante de magistrat,
mais ses joues s'étaient affaissées, comme si elles
avaient perdu les muscles du sourire. Elle avait
peur qu'il la voie parce qu'il aurait ainsi un fardeau
de plus à porter, une situation de plus à résoudre
et, surtout, des centaines de réponses à donner aux
autorités.

C'est la dernière fois que Maman a vu son père :
sous les durians, que les Vietnamiens appellent
sầu riêng. Jusqu'à ce jour, elle n'avait jamais pensé
au nom formé par ces deux mots, qui signifie litté-
ralement « tristesses personnelles ». On l'oublie
peut-être parce que ces tristesses, comme leur
chair, sont scellées dans des compartiments her-
métiques, sous une carapace hérissée d'épines.

Moi, je n'ai jamais su qui était mon géniteur. Les mauvaises langues soupçonnent qu'il est blanc, grand et colonisateur puisque j'ai le nez fin et la peau diaphane. Maman me disait souvent qu'elle avait toujours désiré cette blancheur pour moi ; la blancheur des *bánh cuốn*. Elle m'emmenait chez la marchande de ces crêpes vietnamiennes pour la regarder étendre le mélange de farine de riz sur une toile de coton déposée directement au-dessus d'un immense chaudron d'eau bouillante. Elle étalait le liquide en tournant sa louche sur la toile pour la recouvrir entièrement. En quelques secondes, la crème se transformait en une peau fine et translucide qu'elle décollait avec sa tige de bambou aiguisée en palette longue et mince. Maman prétendait qu'elle était la seule mère à savoir envelopper sa fille de cette crêpe pendant sa sieste pour que sa peau puisse se comparer au reflet de la neige et à l'éclat de la porcelaine. De la même manière que les lotus conservent leur parfum malgré la puanteur des marécages où ils grandissent, je ne devais jamais laisser l'insolence souiller cette pureté.

Maman détenait aussi le secret d'agrandir le nez. Les femmes asiatiques cherchent à augmenter la proéminence de leur os nasal en y insérant un implant de silicone alors qu'il suffisait à Maman de tirer doucement mon nez neuf fois chaque matin pour l'occidentaliser. Voilà pourquoi je m'appelle Mãn, qui veut dire « parfaitement comblée » ou « qu'il ne reste plus rien à désirer », ou « que tous les vœux ont été exaucés ». Je ne peux rien demander de plus, car mon nom m'impose cet état de satisfaction et d'assouvissement. Contrairement à la Jeanne de Guy de Maupassant, qui rêvait de saisir tous les bonheurs de la vie à sa sortie du couvent, j'ai grandi sans rêver.

Maman a su nous offrir une vie calme, toujours sous la vague. J'ai retrouvé cet espace entre deux eaux à Montréal, dans la cuisine du restaurant de mon mari. Les mouvements de la vie extérieure étaient mis à l'écart par le bruit constant de la hotte. Le temps était marqué par le nombre de commandes insérées dans la fente de la barre de métal et non par les minutes ni par les heures. En été, c'était la chaleur implacable qui désheurait les jours, qui détournait les vents. En hiver, la porte coupe-feu qui ouvrait sur la cour restait fermée en permanence, transformant la cuisine en coffre-fort. Le nettoyeur des grilles de la hotte était la seule personne qui redonnait vie à cet accès. Il venait une fois par mois. Il frappait toujours très fort, comme s'il était en détresse, alors qu'il n'était que pressé parce que sa liste de clients exigeait de la vitesse et sa femme, des mains propres, sans huile. Il est celui qui m'a appris à saluer avec la température.

— Il fait beau.

— Il fait chaud.

— Il grêle.

— Il neige.

— Il vente.

— Il pleut.

Nous ne parlons jamais de la température dans le *câu hỏi*
sud du Vietnam. Nous ne faisons jamais de com-
mentaires, peut-être parce qu'il n'y a pas de sai- questions
sons, pas de changements, comme dans cette
cuisine. Ou peut-être parce que nous acceptons
les choses telles qu'elles sont, telles qu'elles nous
arrivent, sans jamais questionner le pourquoi ni le
comment.

Une fois, j'ai entendu à travers le petit carré par
lequel je déposais les plats des clients avocats dire
qu'il ne faut poser que des questions auxquelles
on a déjà les réponses. Sinon, il est préférable de
se taire. Je ne trouverai jamais de réponses à mes
questions et c'est peut-être pour cette raison que
je n'en ai jamais posé. Je ne faisais que monter et
descendre les marches qui reliaient mon four à
mon lit. Mon mari a construit cette cage d'escalier
pour me protéger du froid de l'hiver et des aléas de
la vie extérieure en tout temps.

ăn hàng

·

manger
dans la rue

Quand je suis arrivée, le menu du restaurant était rudimentaire, comme celui des restaurants de rue au Vietnam : un seul plat, une seule spécialité. À Hanoi, le vieux quartier était sillonné de rues qui se spécialisaient dans un seul produit : la rue des vermicelles, la rue des pierres tombales, la rue du métal, la rue du sel, la rue des éventails... Aujourd'hui, les échelles de bambou se vendent sur la rue des voiles et les vêtements de soie sur la rue du chanvre. Comme avant, les artisans continuent de s'installer les uns à côté des autres, offrant le même produit. Pendant un court séjour, Maman et moi habitions à Hanoi sur la rue des poulets aux herbes médicinales. Au milieu des deux rangées de restaurants de *gà tần*, nous préférions celui qui avait construit sa terrasse du deuxième étage autour d'un grand figuier des banians.

Quand mon mari est tombé malade la première
fois, je lui ai préparé ce plat, qui exigeait une
cuisson douce du poulet avec des graines de lotus,
des noix de ginkgo et des baies de goji séchées.
Selon les croyances, une portion de l'éternité est
retenue dans le lotus alors que le ginkgo fortifie les
neurones, car ses feuilles ont la forme du cerveau.
Quant aux gojis, leurs vertus médicinales sont
attestées dans les livres depuis le temps des empereurs et des princesses. Les bienfaits de ce plat
doivent probablement provenir aussi de l'attention consacrée à la préparation. En plus des longues heures de cuisson lente, il y a la coquille des
noix de ginkgo à craquer avec fermeté mais tout en
retenue, afin de préserver la chair tendre entière.
De même, il faut retirer le germe vert des graines
de lotus pour enlever le goût amer.

đắng
.
amer

L'amertume est rarement éliminée puisqu'elle
se trouve souvent dans les aliments considérés
comme froids, ceux qui ne nous enflamment pas,
contrairement aux mangues, aux piments, au
chocolat. On croit que les goûts qui nous plaisent
trop facilement doivent être modérés parce qu'ils
nous abîment, alors que la saveur amère rétablit
l'équilibre. J'aurais pu ne pas séparer chacune
des graines de lotus en deux pour éliminer les
germes, puisque certains les boivent en infusion
pour faciliter leur sommeil. Mais je voulais éviter
les extrêmes, les goûts extrêmes, les sensations
extrêmes.

cạo gió
·
gratter
le vent

Pendant les trois jours de fièvre de mon mari, je l'ai nourri, une bouchée à la fois. Au Vietnam, quand nous ne connaissons pas la cause d'un décès, nous blâmons le vent, comme si attraper un vent impur pouvait nous faire mourir. C'est pourquoi je lui ai demandé d'enlever sa chemise afin de chasser le mauvais vent en lui grattant le dos avec une cuillère de porcelaine mouillée de quelques gouttes de baume du tigre. Je n'avais jamais regardé la peau d'un homme de si près. Et là, je dessinais son squelette en le frottant entre les os et le long de la colonne vertébrale. Des plaques rouge foncé émergeaient à la surface, éliminant la chaleur, et peut-être aussi toutes les douleurs qui n'avaient jamais été ressenties. Je répétais ces gestes millénaires pour soigner un étranger qui était devenu mon seul point d'ancrage. J'aurais aimé avoir su le réconforter, passer ma main sur sa peau. Or, je n'ai pu que le réchauffer avec la couverture qui portait encore l'odeur du long voyage entre la manufacture chinoise et notre appartement.

Dès qu'il a pu se lever, il a recommencé à servir les soupes tonkinoises à ses clients. Beaucoup étaient des hommes célibataires attendant l'arrivée de leur femme vietnamienne ou l'argent nécessaire pour les billets d'avion. La plupart venaient manger un bol de soupe trois ou quatre fois par semaine. Ils arrivaient le matin du samedi ou du dimanche avant l'ouverture pour prendre un café filtre avec mon mari, pour comparer la lenteur de l'attente à celle des gouttes de café qui tombaient sur le fond de lait condensé des verres. Je leur servais le même petit-déjeuner à tous mais le changeais chaque matin au rythme de ma visite virtuelle des rues du Vietnam.

cà phê
•
café

Une fois, j'ai lu qu'au Japon chaque ville possède sa spécialité de gâteau. Les hommes en voyage d'affaires ont l'habitude de rapporter en cadeau la boîte de desserts de la ville visitée. Parfois, ils ne quittent pas leur ville de résidence mais seulement leur femme, temporairement, afin d'être avec leur maîtresse. Ils se permettent de temps à autre de se retirer de leur propre vie, de prendre des vacances. Dans ce cas, il y a des boutiques qui prévoient ce genre d'absence en offrant aux hommes des gâteaux de différentes villes.

Comme au Japon et peut-être partout ailleurs, les villes et villages vietnamiens ont aussi leurs spécialités. Il suffisait donc que je retourne dans ma tête à Chợ Lớn, le grand quartier chinois de Saigon, pour avoir l'idée de leur préparer les boulettes de porc haché enveloppant un petit morceau de côte levée, cuites à la vapeur dans un mince filet de sauce tomate. Avec le plus grand naturel, cette viande est servie avec du pain baguette, comme si la France avait toujours fait partie des traditions culinaires sino-vietnamiennes. Semaine après semaine, les clients amis de mon mari avaient des regards de plus en plus expressifs chaque fois qu'ils recevaient leur assiette ou leur bol.

L'un d'eux était originaire de Rạch Giá, une ville côtière où l'on a inventé une soupe-repas au poisson poché avec des vermicelles, rehaussée de porc et de crevettes caramélisés dans les œufs de crevettes. Des larmes ont coulé sur sa joue lorsque j'ai arrosé son bol d'une petite cuillerée d'ail mariné au vinaigre. En mangeant cette soupe, il m'a susurré qu'il avait goûté sa terre, la terre où il avait grandi, où il était aimé.

Les jours plus occupés, les clients amis se contentaient d'une boule de riz recouverte d'un œuf *óp la* (au plat) salé à la sauce de soja. Ils commençaient ainsi leur journée de congé avec un certain sentiment de bonheur tranquille.

En quelques mois, ces clients, qui venaient seuls *muối* au début, ont commencé à arriver accompagnés d'un collègue de travail, d'un voisin, d'une amie. sel Plus les gens attendaient dans l'entrée, puis à l'extérieur, sur le trottoir, plus je passais mes nuits dans la cuisine. Assez vite, les clients ont délaissé la soupe tonkinoise, préférant le plat du jour même s'ils ne savaient pas ce qui était au menu avant d'arriver au restaurant et de lire le tableau noir accroché dans la vitrine. Un seul choix par jour. Un souvenir à la fois, car il me fallait beaucoup d'efforts pour ne pas laisser les émotions déborder des limites de l'assiette. Déjà, chaque fois que la salière tombait accidentellement et couvrait le sol de grains blancs, je devais me retenir pour ne pas les compter, comme le faisait Maman quand sa ration quotidienne était limitée à trente grains. Heureusement, le nombre grandissant de clients m'empêchait de ralentir mon regard.

Très rapidement, je n'ai plus été capable de compter le nombre d'assiettes à laver. Mon mari a alors engagé un jeune homme vietnamien. Il est arrivé avec un sourire bruyant. Il n'avait pas encore parlé que, déjà, on entendait sa bonne humeur éclater dans son ventre comme du maïs soufflé. Je n'ai pas pu m'empêcher de rire fort, très fort, quand il a enfilé les gants en caoutchouc jaune qu'il avait sortis de ses poches en criant : « Tala ! » Je ne me croyais pas capable d'émettre un son aussi spontané et, surtout, aussi fracassant. Il est devenu rapidement mon petit frère, un rayon de soleil qui ne s'éteignait jamais, même quand la vie lui présentait des épreuves presque insurmontables. Dès qu'il avait un moment, il étudiait. Il répétait des formules de physique, la tête dans la vapeur du lave-vaisselle. Il collait le tableau périodique des éléments sur le mur de céramique. Il écrivait la définition des mots dans la marge des pages des romans à analyser. Malgré tous ses efforts, il échouait à répétition à ses examens de philosophie et de français. Il en était à sa dernière chance quand je l'ai rencontré. J'ai passé beaucoup de nuits à lire ses devoirs et à corriger ses dissertations.

Dès que j'ai su écrire, Maman m'a imposé des dic- *lỗi*
tées tous les soirs, qu'il y ait une panne d'électri- •
cité ou non. Elle me lisait le livre de Maupassant à fautes
la lueur d'une lampe à huile de la taille d'un verre.
Nous alternions pour avoir la lumière de la flamme.
Après chacune des phrases, il fallait faire une ana-
lyse logique, grammaticale et syntaxique. Avant de
se coucher, Maman remettait le livre au fond de sa
boîte métallique et l'enterrait dans une cachette.
C'était le plus grand des secrets puisque les livres
étrangers étaient bannis, surtout les romans, plus
précisément la frivolité de la fiction.

Grâce à cet entraînement, j'ai pu préparer les dix
questions que mon frère-soleil avait reçues de son
professeur de philosophie. Il devrait répondre
à une seule mais ne saurait pas laquelle avant
l'examen. Je lui ai donc rédigé dix réponses, qu'il
a apprises par cœur, car mes explications en vietnamien ne l'aidaient pas. C'est ainsi qu'il a obtenu
son diplôme et s'est trouvé un emploi tout en
continuant de venir me seconder le week-end.
Un soir, il m'a raconté que, à son usine, une fille
récemment recrutée était passée près de lui plus
tôt dans la journée. Sans se retourner vers moi, il a
laissé tomber un grand chaudron dans l'évier pour
mimer le courant électrique qui avait traversé son
corps du haut de sa tête jusqu'à ses pieds. Il a levé
en l'air ses bras aux mains gantées de jaune et s'est
ancré dans le sol comme si la foudre l'avait frappé.
Je suis restée bouche bée devant cet état de transe,
le croyant délirant et fou. Pourtant, il n'était
qu'amoureux. Je ne connaissais pas cet état pour
pouvoir l'identifier, le reconnaître. Cependant,
j'étais emportée dans le sillage de son euphorie,
jouant les Cyrano de Bergerac pour l'aider à cour-
tiser cette jeune fille qui m'était presque inconnue.

Elle s'appelait Bạch, vietnamienne, arrivée depuis *thêu*
peu et triste d'avoir quitté son village, à l'extrémité ·
sud du Vietnam. Elle vivait chez une tante en ban- broder
lieue de Montréal, dans une grande maison sans
poussière où chaque pièce avait des pantoufles
désignées et où chaque planche à découper était
identifiée. Cette tante avait parrainé Bạch et sa
famille de six. Elle aurait préféré rester à Cà Mau
pour continuer à broder avec des amies des nappes
destinées à l'exportation. Mais sa tante avait
convaincu ses parents qu'il fallait abandonner
leur vie sans promesses, sacrifier leur génération afin que la prochaine puisse être éduquée.
Bạch s'est ainsi retrouvée dans une usine qui fabri-
quait des tableaux électroniques. Elle soudait les
circuits avec facilité, car ses doigts avaient déjà été
entraînés à remplir l'espace à coups d'aiguille, un
point à la fois.

Mon frère-soleil a commencé par lui apporter ce
que j'avais dans la cuisine : des morceaux de gâteau
au manioc, du riz sauté au crabe, du poulet au gingembre et aux champignons shiitake… Il a couru
jusqu'à moi pour me hurler sa joie avec l'intensité
de sa jeunesse immortelle lorsqu'il a pu la ramener
chez sa tante la première fois. Il a fini par réussir
à la demander en mariage. Je ne sais pas si elle a
consenti parce qu'il lui épargnait des trajets d'autobus de quatre heures par jour ou parce qu'elle
avait choisi de se laisser aimer. Mais le mariage a
eu lieu.

mâm
·
plateaux
Je me suis portée volontaire pour les préparatifs des fiançailles puisque le père de mon frère-soleil travaillait soixante heures par semaine à l'usine de plaquettes de frein et encore dix heures comme livreur de pizza, pendant que des migraines violentes et des antidouleurs réduisaient sa mère à l'état de roseau ivre, constamment bousculée par les courants d'air. Parfois, le simple souffle d'un murmure sur sa joue suffisait à la secouer et à faire apparaître sur son front la carte de son parcours de vie. Il était donc impensable de manipuler dans son salon le traditionnel papier rouge translucide servant à emballer les cadeaux à apporter chez la mariée, car chaque pli, chaque mouvement produisait assez de bruit pour fendre sa peau. Afin de lui éviter les craquements, les froissements et les agitations, nous avons élu notre quartier général dans la salle à manger du restaurant.

hạnh phúc
·
bonheur
À la veille des fiançailles, la salle brillait de rouge, non pas rouge d'amour mais rouge de chance. Par superstition, chaque cadeau doit être enveloppé de cette couleur de bonne fortune car tous les mariés ont besoin de beaucoup de chance pour trouver l'équilibre permettant à deux personnes de construire une seule et même vie, qui devra à son tour en soutenir d'autres. On ne leur souhaite pas l'amour mais le bonheur, et en double : le mot est écrit deux fois, l'un imbriqué dans l'autre, en miroir, cloné. Puisque personne n'ose prendre de risque, chacun des plateaux de cadeaux, sans exception, est recouvert d'un tissu rouge vif, brodé

de ce mot, « bonheur », non pas au pluriel mais en duplicata.

Heureusement, les jeunes mariés ne s'encombrent pas des inquiétudes de ceux qui ont vécu l'épreuve avant eux. Ils n'y sont que pour la fête et croient que le bonheur vient immanquablement avec le mariage, ou l'inverse.

Afin de contribuer à la suite des choses, au cycle naturel de la vie, mon mari avait mobilisé ses clients amis pour former la délégation qui porterait les plateaux de cadeaux le matin de la cérémonie. Le cochonnet laqué avait été confié au plus fort, tandis que les autres se partageaient le plateau des boîtes de thé, des bouteilles de vin et des biscuits. Les cousins avaient la responsabilité des bijoux, de la petite théière remplie d'alcool de riz et du plateau de feuilles de bétel et de noix d'arec. Aujourd'hui, très peu de Vietnamiens chiquent encore la noix d'arec, mais elle continue à symboliser le début d'une rencontre. Il y a moins de cent ans, les Vietnamiens recevaient leurs invités avec une boîte en bois nacré dans laquelle se trouvait un mortier en forme de cylindre destiné à écraser la noix avant de l'enrouler dans une feuille légèrement recouverte de chaux. Les habitués disent que ce mélange donne la même stimulation que le café, alors que ceux qui ont le cœur léger parlent d'étourdissement, voire d'ivresse. L'effet vient en mâchant lentement, ce qui colore la salive de rouge, rouge ivresse, rouge amour, parce que ce rouge retrace cette fois l'histoire d'une union éternelle.

La légende raconte que deux frères jumeaux étaient amoureux de la même fille. Le premier l'a épousée. Le second, étouffé de tristesse, a quitté le village pour éviter que son frère s'en aperçoive. Le frère en peine d'amour a marché jusqu'à l'épuisement, jusqu'à sa transformation en une roche calcaire. L'autre a fait le même chemin pour retrouver son double. Il est tombé mort de fatigue à côté de la roche et s'est métamorphosé en palmier à bétel. Sa femme a suivi ses traces et s'est changée, au même endroit, en une liane grimpante aux feuilles en forme de cœur, entourant le tronc du palmier qui abrite la roche. Je me suis souvent demandé comment ce triangle amoureux avait pu devenir le symbole d'un mariage heureux puisque la fin se révèle si triste. Je crois que nous avons mal compris nos ancêtres. Ils ont placé ce plateau de bétel à la tête de la procession parce qu'ils voulaient avertir les mariés du danger des amours impossibles et non pas du contraire. Ou peut-être voulaient-ils nous prévenir que l'amour tue ?

Les mariés ont beau se prosterner bien bas, le nez collé au sol, les ancêtres accrochés au mur au-dessus de l'autel ne leur donneront jamais la vraie raison. Ils se contenteront de regarder les tiges d'encens brûler et d'observer la transmission des rituels d'une génération à l'autre. Ils savent qu'un jour les belles-mères n'offriront plus de boucles d'oreilles à leur nouvelle bru. Déjà, presque plus personne ne se souvient qu'aux fiançailles les mères enfilent dans les lobes des mariées des boules d'or qui représentent des bourgeons. Au mariage, elles les remplacent par des boucles en forme de fleurs écloses symbolisant l'épanouissement de la mariée, sa défloration.

lại tổ tiên
•
saluer les ancêtres

tiến đưa

·

dire adieu,
accom-
pagner
quelqu'un
jusqu'au
point de
son départ

De ma belle-famille, j'avais seulement reçu une enveloppe, qui devait valoir son pesant d'or parce que les papiers qui s'y trouvaient me proposaient un autre ailleurs et une vie inconnue avec un étranger. Puisque je n'avais ni père ni ancêtres, on avait cru bon d'éviter les cérémonies. Je suis partie à l'aéroport sans les convois de cousins et d'amis, comme pour les autres passagers. Ils étaient des centaines devant l'aérogare, des enfants, des vieillards, des pleurs, des promesses, tous dans le désordre des émotions. Dans ces années-là, on partait sans espérer revenir. On se promettait seulement de ne pas oublier. Contrairement aux autres mères vietnamiennes, qui misaient sur la loyauté et la gratitude de leurs enfants, Maman voulait que j'oublie, que je l'oublie parce que j'avais une nouvelle chance de recommencer, de partir sans bagages, de me réinventer. Mais c'était impossible.

Quand les Vietnamiens se rencontrent, le village *gia đình*
d'origine et l'arbre généalogique sont les deux
sujets qui ouvrent la plupart des conversations, famille
parce que nous croyons fermement que nous
sommes ce que nos ancêtres ont été, que nos destins répondent aux gestes des vies qui nous ont
précédés. Les plus vieux connaissaient de nom ou
en personne mon grand-père, celui que je n'avais
jamais rencontré. Les moins vieux se souvenaient
des frères et des sœurs de Maman et savaient que
je ne leur ressemblais pas. On enviait mes jambes
effilées, mais on craignait l'histoire irrégulière
dissimulée derrière mes courbes trop prononcées.
Seules les clientes québécoises qui avaient adopté
un enfant au Vietnam osaient m'approcher avec un
regard vierge et m'offraient une page blanche.

Julie a été la première à pencher son visage dans la fenêtre par laquelle je sortais les plats. Son sourire s'étendait d'un côté à l'autre de l'ouverture. Elle m'a saluée avec l'enthousiasme d'une archéologue qui a découvert la trace du premier baiser. Instantanément, avant même qu'un mot soit prononcé, nous sommes devenues amies et, avec le temps, sœurs. Elle m'a adoptée comme elle a adopté sa fille, sans questionner notre passé. Elle m'emmenait au cinéma l'après-midi, ou nous visionnions des classiques chez elle. Elle ouvrait son réfrigérateur et me faisait goûter pêle-mêle son contenu selon l'humeur du jour : du *smoked meat* à la tourtière, du ketchup à la sauce béchamel, en passant par le céleri-rave, la rhubarbe, le bison, le pouding chômeur, les œufs au vinaigre. Parfois, Julie venait cuisiner avec moi. Je lui montrais comment retenir le riz collant dans les couches superposées de feuilles de bananier en les serrant fermement mais sans étouffer le riz. C'est toujours un équilibre fragile, que les doigts ressentent mieux que les mots ne savent expliquer.

À la fin de chaque mois de janvier, il fallait en préparer plusieurs douzaines parce que mon mari désirait les offrir à ses amis et à sa parenté lointaine pour le Nouvel An vietnamien, comme sa mère le faisait jadis dans son village. L'odeur de la feuille de bananier cuite dans l'eau bouillante pendant de longues heures lui rappelait ces jours précédant le Têt, où tout le voisinage passait la nuit à alimenter le feu des chaudrons remplis de rouleaux de riz farcis de pâte de fève mung, lisse et discrètement jaune comme la lune.

Julie venait souvent à notre restaurant. Elle invitait ses amis à déjeuner, organisait ses rencontres de club de lecture une fois par mois et réservait la salle entière pour y célébrer les anniversaires de naissance et de mariage des membres de sa famille. Chaque fois, elle me faisait sortir de la cuisine pour me présenter à ses invités en m'enlaçant de tout son corps. Elle était la grande sœur que je n'avais jamais eue, et moi j'étais la mère vietnamienne de sa fille.

yến
    •
hirondelle

Un soir, elle a déposé une clé sur mon comptoir de cuisine alors que j'enlevais avec une pince les minuscules impuretés prises dans les fins filaments d'un nid d'hirondelle, pour le rendre parfaitement immaculé sans gaspiller une seule goutte du potage. Mon mari avait rapporté de chez un marchand d'herbes médicinales chinoises cette précieuse trouvaille, qui se négociait à des milliers de dollars le kilogramme. Selon lui, ces hirondelles vouaient un amour patient et infini à leurs oisillons parce qu'elles étaient les seules à fabriquer leurs nids uniquement à l'aide de leur salive. En mangeant ces nids, nous aurions alors de meilleures chances de devenir parents à notre tour. Je n'ai pas eu le temps d'expliquer à Julie la rareté de cette potion que, déjà, elle me tirait vers la sortie et insistait pour que je mette la clé dans la serrure de la porte voisine. C'est ainsi que notre aventure a débuté.

Julie avait fait venir des architectes et des déco-
rateurs pour transformer l'espace en un atelier
de cuisine. Elle avait demandé à son conjoint,
qui voyageait beaucoup en Asie pour ses affaires,
de lui envoyer du Vietnam un cyclopousse usagé,
avec la structure métallique partiellement rouillée
et la selle déformée par la sueur. Sur le mur, elle
avait apposé, comme à l'entrée des anciennes rési-
dences de mandarins, deux longs panneaux en bois
sculptés de deux vers en caractères chinois qui se
répondent. Elle avait commandé de Hué des cha-
peaux coniques décorés de poèmes insérés entre
les feuilles de latanier tressées et le support des
seize cercles de bambou, pour les offrir en cadeau
à l'inauguration. Au fond de la salle, elle avait
construit une grande bibliothèque. Des livres de
cuisine et de photographies étaient rangés sur
les étagères, obéissants et droits comme les éco-
liers dans la cour qui, au garde-à-vous, chantaient
l'hymne national chaque matin devant notre
appartement, à Maman et à moi. Julie m'a tenu
la main pour longer ce mur. Autrement, je serais
tombée à genoux lorsque j'ai vu la dernière étagère,
sur laquelle elle avait placé une rangée de romans
dont je n'avais lu qu'une page ou deux et parfois un
chapitre, mais jamais la totalité.

Beaucoup de livres en français et en anglais avaient
été confisqués pendant les années de chaos politique. On ne connaîtrait jamais le sort de ces livres,
mais certains avaient survécu en pièces détachées.
On ne saurait jamais par quel chemin étaient passées des pages entières pour se retrouver entre

xích lô

cyclopousse

les mains de marchands qui les utilisaient pour envelopper un pain, une barbotte ou un bouquet de liserons d'eau… On ne pourrait jamais me dire pourquoi j'avais eu la chance de tomber sur ces trésors enfouis au milieu de tas de journaux jaunis. Maman me disait que ces pages étaient des fruits interdits tombés du ciel.

De ces précieuses cueillettes, j'avais retenu le mot « lassitude » du livre *Bonjour tristesse*, de Françoise Sagan, « langueur » de Verlaine et « pénitentiaire » de Kafka. Maman m'avait aussi expliqué le sens de la fiction par cette phrase d'Albert Camus dans *L'Étranger*, car il nous était impensable qu'une femme puisse manifester ce désir : « Le soir, Marie est venue me chercher et m'a demandé si je voulais me marier avec elle. » Et puis, sans connaître le début ni la fin de l'histoire de Marius, des *Misérables*, je le portais en héros parce que, une fois, notre ration mensuelle de cent grammes de porc avait été drapée de cette phrase : « La vie, le malheur, l'isolement, l'abandon, la pauvreté sont des champs de bataille qui ont leurs héros ; héros obscurs plus grands parfois que les héros illustres… »

Il y avait beaucoup de mots dont Maman ne tự điển
connaissait pas le sens. Heureusement, nous
vivions tout près d'un dictionnaire vivant. Il était dictionnaire
plus vieux que Maman. Les voisins le considéraient
comme fou parce qu'il se plaçait chaque jour sous
le jambosier, où il récitait des mots en français
et leurs définitions. Son dictionnaire, qu'il avait
tenu contre lui pendant toute sa jeunesse, avait été
confisqué mais il continuait à tourner les pages
dans sa tête. Il suffisait que je lui lance un mot à
travers le grillage qui nous séparait pour qu'il m'en
donne la définition. Exceptionnellement, il m'avait
offert la plus rose des jamboses de la grappe suspendue juste au-dessus de sa tête quand je lui avais
soumis le mot « humer ».

— Humer : aspirer par le nez pour sentir. Humer
l'air. Humer le vent. Humer le brouillard. Hume
le fruit ! Hume ! Jambose, aussi appelée pomme
d'amour en Guyane. Hume !

Après cette leçon, je n'ai plus jamais mangé de
pomme d'amour sans d'abord en humer la peau
lustrée rose fuchsia d'une fraîcheur innocente,
presque hypnotisante. C'est pourquoi j'ai tout
naturellement choisi ce fruit au milieu des dizaines
d'autres fruits exotiques en plâtre que Julie avait
disposés dans une grande assiette au milieu de
la table de lecture. Je l'ai porté à mon nez, et son
parfum doucement frais m'a happée comme si sa
chair blanche était tendre et vraie. Julie a éclaté de
rire :

— Si tu veux vraiment sentir, viens.

Elle a ouvert la porte vitrée d'une grande armoire sur des dizaines de flacons de verre remplis d'épices : anis étoilé, clous de girofle, curcuma, graines de coriandre, poudre de galanga... Les incontournables bouteilles de saumure de poisson avaient aussi leur coin, de même que les vermicelles et les galettes.

Julie a travaillé sans relâche pendant des mois dans l'atelier, mais aussi avec moi, sur moi. Elle m'a convaincue de monter un programme de cours de cuisine vietnamienne avec dégustation. Je l'ai suivie parce que personne ne pouvait résister à son élan.

La vie venait vers moi comme un tableau que Julie *tranh* me déroulait. De nouvelles couleurs, de nouvelles · formes se révélaient au fur et à mesure que j'avan- peinture çais, au fur et à mesure que le rouleau se déployait. Et, comme par enchantement, des images se dévoilaient pour dessiner une scène ou illustrer un moment. Soudain, le geste du peintre est devenu audible et palpable. De la même manière, une voix a émergé de mon nom — « mãn » — écrit en vert jade sur les assiettes, les sacs, la devanture. Le premier groupe de vingt personnes venues à l'ate-lier a amplifié cette voix naissante en emportant les recettes et en répétant les histoires racontées autour de la table. La vie bouillonnante de cette aventure a déclenché une autre vie, celle qui était finalement venue s'installer dans la chaleur de mon ventre.

ảo tưởng
•
illusion

Julie et mon mari ont concilié leurs efforts pour me trouver une aide permanente dans la cuisine. Hồng était à peine plus vieille que moi mais déjà mère d'une adolescente. Elle avait rencontré son mari québécois dans un café à Saigon. Elle était serveuse et lui, client. Il lui avait montré son passeport canadien et elle avait accepté le voyage afin que sa fille cesse de sentir l'odeur du tabac et la sueur des mains d'inconnus sur sa blouse quand elle rentrait du travail au milieu de la nuit. Il était amoureux d'elle, amoureux de son séjour au Vietnam, où ses cent dollars valaient un million de dongs, où mille dollars lui permettaient de vivre l'expérience de l'amour éternel. Il avait longtemps rêvé d'elle à son retour dans son appartement rempli de bouteilles vides.

Si elle avait connu Andy Warhol, Hồng aurait apprécié les murs tapissés de boîtes de bière empilées les unes sur les autres comme une œuvre du pop-art. Malheureusement, elle n'y a vu que le début d'un tunnel sombre. Elle le décevait en adoptant des jupes trop longues et des souliers trop plats, et il lui reprochait de partir trop tôt et de rentrer trop tard de la manufacture. Hồng a été surprise d'apprendre que le logement ne lui appartenait pas et que sa voiture toussotait comme un vieillard sous la pluie. Mais elle était reconnaissante du lit prévu pour sa fille. Alors, elle a retroussé ses manches pour effacer les traces de la solitude de son mari et laisser entrer de la lumière dans les couloirs étroits, dont les murs avaient absorbé le choc des poings fermés et tu la furie.

Hồng travaillait le jour et le soir, la semaine et le week-end. Elle espérait que son mari en ferait de même, qu'il irait chercher plus de clients, qu'il couperait le gazon de plus de maisons avec son associé. Or, il y avait certains jours où le ciel pesait si lourd qu'il était impossible pour lui de se lever. C'est ainsi qu'elle avait rencontré Julie, parce que Hồng avait remplacé son mari derrière la tondeuse une fois, deux fois, plusieurs fois. La dernière fois, Julie était sortie de chez elle, lui avait offert un verre d'eau et l'avait proposée à mon mari pour m'aider au restaurant.

cỏ
•
gazon

Au début, Hồng gardait ses distances. Je n'entendais que ses gestes, qui étaient d'une efficacité inouïe. Grâce à elle, j'ai pu m'absenter de la cuisine pour aller avec Julie jusqu'à New York et passer deux après-midi entiers dans une librairie gigantesque, où des centaines de livres de cuisine s'ouvraient devant nous. Puisque nous avions très peu de temps, Julie m'a emmenée dans un restaurant pour une bouchée, dans un deuxième pour le repas et dans un autre encore pour le dessert. Elle voulait me faire visiter le plus grand nombre d'adresses possible en quarante-huit heures. Julie connaissait Manhattan et ses hangars, abritant des tableaux et des sculptures qui me donnaient le vertige. Comment Richard Serra a-t-il pu penser que l'acier rouillé était sensuel ? Comment fait-on pour transporter une œuvre vingt fois plus grosse que ma cuisine ? Comment fait-on pour voir si grand ?

Julie m'a fait découvrir un lieu en dehors de mon *căn*
quotidien afin que je voie l'horizon, afin que je •
désire l'horizon. Elle voulait que j'apprenne à res- mordre
pirer profondément et non plus seulement suffi-
samment. Elle m'a répété cent fois le même message en cent variations :

— Mords. Mords dans la pomme.

— Mords comme la lime mord le métal.

— Mords à pleines dents.

« Mords ! Mords ! Mords ! » me disait-elle en riant
à gorge déployée, en me tirant la main pour traverser la rue ou en tressant mes cheveux. Elle faisait mon éducation en langues, en gestes, en émotions. Julie parlait autant avec ses mains qu'avec
les plis de son nez, alors que je savais à peine
soutenir son regard le temps d'une phrase. À plusieurs reprises, elle m'a placée devant un miroir
en m'obligeant à converser avec elle tout en nous
regardant afin que je puisse constater l'immobilité
de mon corps par rapport au sien.

La langue de Julie me renversait chaque fois qu'elle
répétait les mots en vietnamien. Elle imitait les
accents avec la flexibilité d'une gymnaste et la
précision d'une musicienne. Elle prononçait les
« *la, là, lạ, lả, lã...* » en distinguant les tons même si
elle ne comprenait pas les différentes définitions :
crier, être, étranger, évanouir, frais. Le défi que
je lui avais lancé était beaucoup trop facile pour
elle, alors que l'exercice qu'elle m'avait proposé
en retour exigeait un effort gigantesque de ma
part. Apprendre les chansons par cœur n'était pas

une tâche exigeante en soi, mais les chanter à voix haute mobilisait tout mon courage. Julie faisait sortir les sons en me déliant la langue :

— Tire ta langue. Essaie de toucher ton menton. Tourne-la vers la gauche... maintenant, vers la droite. Voilà, encore.

Elle riait aux éclats de me voir immanquablement mettre ma main à quelques centimètres de ma bouche durant ces exercices, ce qui provoquait chaque fois mon fou rire. Julie avait un rire des plus chaleureux et des plus pimpants, mais elle avait aussi les larmes abondantes, contrairement aux Vietnamiennes, qui pleurent le plus silencieusement possible. Seules les pleureuses professionnelles engagées pour des obsèques pouvaient gesticuler et afficher la douleur sur leurs traits sans qu'on les considère comme inélégantes.

Mon mari n'a jamais su que je pleurais les soirs où j'écrivais à Maman. Ou, s'il le savait, il préférait me consoler en prévoyant toujours pour moi deux carnets de timbres dans le tiroir. Maman ne me répondait pas souvent. Peut-être parce qu'elle voulait éviter de pleurer elle aussi. J'entendais cependant l'écho de son silence et la charge de tout ce qui ne s'entendait pas. La nuit, quand nous partagions le même lit, le bruit des larmes de Maman s'échappait parfois du coin de ses paupières fermées. Je retenais alors ma respiration parce que, sans témoin, la tristesse n'existerait peut-être qu'en fantôme.

La plupart des Vietnamiens croient qu'elles existent, ces âmes errantes qui hantent la vie, qui guettent la mort, qui restent coincées entre les deux. Tous les ans, au septième mois lunaire, les gens brûlent de l'encens, de l'argent et des vêtements en papier pour aider les fantômes à se libérer, à quitter le monde des vivants, qui n'a pas prévu de place pour eux. Quand je jetais dans le feu cette fausse monnaie de papier orange et or, j'espérais à la fois le départ des fantômes et la disparition des tristesses de Maman, même si elle niait leur existence avec la même ferveur que celle du parti communiste, qui condamnait la peur populaire de ces esprits vagabonds non identifiables et sans témoins.

Il est vrai que le visage de Maman, comme celui de mon mari, ne laissait transparaître ni la peine ni la joie, et encore moins le plaisir, alors que je pouvais tout lire sur celui de Julie. Quand elle a pleuré d'affection à la naissance de mon fils, son cœur s'est dessiné sur ses joues, sur son front, sur ses lèvres. De la même manière, elle s'émouvait à porter les enfants tout juste arrivés de pays lointains pour saluer leur nouveau destin dans les cocons montréalais tissés avec soin pour eux. Elle les prenait en photo et leur remettait les cartes de souhaits signées par ses amis du cercle des parents adoptifs. Elle a été la première à dire « Je t'aime » à mon bébé encore recroquevillé dans mon ventre. Elle a aussi été celle qui a pris la main de mon mari pour la mettre contre le petit pied qui s'imprimait sur ma peau étirée. Puis, malgré sa raideur, elle ne s'est pas gênée pour le prendre dans ses bras quand il a accepté de parrainer Maman pour son immigration au Canada.

Il a fallu plusieurs années et d'innombrables photos de mes deux enfants pour convaincre Maman de venir me rejoindre. Contrairement à mon garçon, ma petite fille est arrivée très rapidement, à la même vitesse que la multiplication des commandes de notre service de traiteur pour des soirées privées ou d'entreprise. Mon mari avait acheté le duplex voisin afin d'agrandir notre appartement. En parallèle, Julie construisait une grande cuisine sous l'atelier et transformait les deux logements du haut en garderie pour sa fille, mes enfants et, parfois, les enfants des amis qui se retrouvaient sans gardienne. Deux dames des Philippines se relayaient pour nous épauler pendant les soirées qui se terminaient trop tard ou les matins qui commençaient avant l'aube.

En cuisine, Julie avait engagé Philippe, un chef pâtissier, afin de réinventer les desserts vietnamiens puisque nos traditions en matière de crème, de chocolat et de gâteaux se limitaient à quelques recettes assez rudimentaires. D'ailleurs, les Vietnamiens appellent les gâteaux d'anniversaire « *bánh gatô* » alors que *bánh* veut déjà dire « pain-gâteau-pâte ». Nous devions importer ce mot parce qu'il s'agissait d'une tradition culinaire inusitée. Il fallait apprendre à utiliser le beurre, le lait, la vanille, le chocolat... des ingrédients qui nous étaient aussi étrangers que les méthodes de cuisson. En l'absence de four, les Vietnamiennes cuisaient leurs gâteaux dans un chaudron fermé d'un couvercle sur lequel elles plaçaient des morceaux de charbon ardent. Ce chaudron était posé sur un « barbecue » en terre cuite de la taille d'un cache-pot moyen, ce qui permettait de faire monter le mélange, de le cuire sans le brûler même si la température ne pouvait être constante et la répartition de la chaleur, uniforme. J'ai donc été très étonnée du thermomètre de Philippe, de même que de son chronomètre et de son éventail de cuillères à mesurer, sans compter des instruments aussi mystérieux qu'imposants. J'effleurais le contenu des tiroirs et des étagères avec la fascination d'un enfant qui entre dans un cockpit. Lentement, Philippe me faisait découvrir son univers. Il a commencé avec la noisette nature, grillée, entière, moulue... parce que je suis une inconditionnelle des noix. Je lui rapportais du quartier chinois des feuilles de pandan pour leur couleur intensément verte et leur parfum ; en Thaïlande, les chauffeurs de taxi en glissent un bouquet frais sous leur siège tous les deux ou trois jours. Comme Philippe connaissait déjà le litchi, je lui ai présenté ses cousins les longanes aux noyaux ronds et brillants, qui servent de référence pour décrire les pupilles d'une belle fille, et les ramboutans à la pelure rouge et chevelue comme un oursin mais douce au toucher.

Mon gâteau aux bananes à la vietnamienne était un délice mais effrayait par son air costaud, presque rustre. En un tournemain, Philippe l'a attendri avec une écume de caramel au sucre de canne brut. Il avait ainsi marié l'Est et l'Ouest, comme pour ce gâteau dans lequel les bananes s'inséraient tout entières dans la pâte de baguettes de pain imbibées de lait de coco et de lait de vache. Les cinq heures de cuisson à feu doux obligeaient le pain à jouer un rôle de protecteur envers les bananes et, inversement, ces dernières lui livraient le sucre de leur chair. Si l'on avait la chance de manger ce gâteau fraîchement sorti du four, on pouvait apercevoir, en le coupant, le pourpre des bananes gênées d'être ainsi surprises en pleine intimité.

Philippe a embelli et ennobli les desserts que
les Vietnamiens nomment tout simplement par
le nombre de couleurs des ingrédients qui les
composent : *chè* trois couleurs, *chè* cinq couleurs,
chè sept couleurs. Chaque marchande possède sa
propre interprétation de ce dessert, qui se mange
surtout en collation sur le trottoir d'un coin de rue,
assis sur un petit tabouret à la sortie des classes ou
entre deux destinations avec des amis. Je crois que
le rendez-vous au *chè* correspond à une rencontre
dans un café, sauf qu'on y mange des mélanges de
pâte de fève mung, du tapioca en forme de grains
de pomme grenade, des fèves rouges, des haricots
à œil noir ou encore des fruits de palmier d'eau, le
tout surmonté d'une montagne de glace en flocons.
Beaucoup de secrets ont été confiés entre deux
cuillerées de *chè* et beaucoup d'histoires d'amour
ont vu le jour dans ces lieux souvent sans adresse.

À notre atelier, en dégustant les créations de Philippe, les clients parfumaient l'air de leurs confi-
dences et s'embrassaient parfois passionnément
comme s'ils étaient seuls, en retrait du temps. Je
n'avais jamais vu des gens si amoureux de si près
auparavant. Je n'avais jamais entendu non plus des
« Je t'aime » exprimés à voix haute, comme Julie
le faisait au quotidien. Elle ne raccrochait jamais
le téléphone sans dire « Je t'aime » à son mari et
à sa fille. J'ai parfois tenté de verbaliser toute ma
reconnaissance envers Julie, mais je n'ai jamais
vraiment réussi. Je ne pouvais que lui démontrer
mon affection à travers les gestes du quotidien,
en lui préparant pendant ses nombreux rendez-

vous, avant même qu'elle en ressente l'envie, le soda-lime qu'elle adore ou en débranchant les téléphones de son bureau quand je parvenais à lui imposer une sieste de quinze minutes, ou encore en frottant une racine de curcuma sur une plaie fraîchement guérie afin de l'empêcher de devenir cicatrice. Je remerciais le ciel quand j'avais l'occasion de m'occuper de sa fille pendant cinq, sept ou dix jours afin de lui permettre d'aller rejoindre son mari en Turquie, au Japon, au Sri Lanka… Je ne pouvais lui offrir en retour rien d'autre que mon amitié, car Julie ne manquait de rien, avait tant à offrir et, surtout, donnait tout à tous. Elle était une marchande de bonheur.

mùa
.
saison

Il est dit que le bonheur ne s'achète pas. Or, j'ai appris de Julie que par lui-même le bonheur se multiplie, se partage et s'adapte à chacun d'entre nous. C'est dans ce bonheur que les années se sont accumulées les unes après les autres sans faire attention ni au calendrier ni aux saisons. Je ne saurais dire exactement à quel moment Hồng a pris la barre de la cuisine du restaurant. Je sais seulement que, un matin très tôt, j'ai ouvert les yeux et vu un monde si parfait que j'en ai eu le vertige. À côté de moi, le visage de mon mari était enfoncé dans l'oreiller, reposé, paisible et enveloppé d'un film presque palpable de calme et de quiétude. Dans les chambres voisines, mes enfants dormaient à poings fermés. J'avais l'impression d'entendre leurs rêves, où même les monstres semblent ludiques ou se transforment en gentilshommes. Maman avait élu son domaine au bout du couloir qui reliait les deux appartements. Elle s'impliquait dans les devoirs des enfants avec la rigueur d'une enseignante d'appoint. Je la surprenais souvent à sourire discrètement quand ils l'appelaient « *Bà Ngoại* », grand-maman maternelle. Durant les heures d'école, elle insistait pour seconder Hồng dans la cuisine et refusait de se joindre au club social des personnes âgées créé par la communauté vietnamienne.

Maman a ainsi injecté un nouveau souffle à notre restaurant en ajoutant de temps à autre des recettes à notre menu, qui continuait à ne suivre que l'envie de nos clients habitués et le hasard de nos souvenirs.

Hồng et sa fille sont devenues des membres de
la famille en s'installant dans l'appartement
qui avait servi de garderie pour les enfants. Elle
avait quitté son mari quand Julie avait entrevu
les ecchymoses parsemées sur son corps. Cachés
sous les manches longues et les pantalons foncés,
ces bleus se faisaient oublier. Les « bravos » et
les « mercis » des clients effaçaient également
les injures involontaires et les insultes incons-
cientes que l'alcool déversait sur elle. Elle avançait
la tête la première en écartant ses nuits, en faisant abstraction des coups, en utilisant son corps
comme un bouclier pour protéger sa fille contre la
menace de se faire renvoyer au Vietnam, où elle
ne croyait plus avoir de points de repère désor-
mais. Il était facile de fermer les yeux parce que les
deux seuls miroirs de ce sombre logement reflé-
taient davantage l'éclatement de la colère que sa
silhouette, qui y apparaissait en fragments. Elle
avait oublié à quoi elle ressemblait en un morceau, jusqu'au jour où elle s'est vue dans le regard
de Julie, qui avait accidentellement ouvert la porte
de la salle de bain alors qu'elle enlevait sa veste
de chef.

hồng
.
rose et
parfois
rouge

Nous sommes allés en convoi de quatre voitures,
deux femmes et six hommes, extraire Hồng et sa
fille d'une réalité qui était devenue un mode de vie,
une habitude. Son mari n'a jamais mis à l'épreuve
cette armée qui se tenait droit derrière elle cette
nuit-là et toutes les nuits suivantes. Avant que
nous ayons eu le temps de classer et d'annoter les
photos dans les albums, la fille de Hồng entamait

sa première année universitaire en médecine et nous lancions le premier livre de recettes de notre atelier-boutique-restaurant.

L'événement avait été fort médiatisé grâce à nos *sách* inconditionnels fidèles et, surtout, grâce au réseau de Julie, qui couvrait autant la radio et la télévision *livre* que la presse écrite. Une émission réussie engendrait une critique flatteuse. Avant que le premier article de journal ait été encadré, les magazines remplissaient notre précieuse valise rigide de cuir et de bois, qui semblait avoir traversé l'océan Indien, arpenté la Route de la soie ou survécu à l'holocauste. Elle était déposée sur un support pliant dans la vitrine, le ventre ouvert, riche de tous ces éloges qui arrivaient parfois d'aussi loin que les États-Unis et la France. Dans le guide *Week-end à Montréal*, notre atelier-restaurant « mãn » se classait dans la catégorie des adresses incontournables et, pour *Frommer's*, il était une expérience à ne pas manquer. L'intérêt des Québécois pour la cuisine vietnamienne croissait en même temps que l'ouverture grandissante des portes du Vietnam au tourisme de masse. Cette vague d'enthousiasme a transformé notre commerce en un port d'attache, notre livre *La Palanche* en une référence culturelle et moi, en porte-parole. Les lecteurs consultaient les recettes mais me parlaient surtout des contes et des anecdotes qui avaient motivé nos choix.

L'histoire de la fillette de neuf ans emprisonnée pendant plusieurs mois après avoir tenté de fuir en bateau expliquait mieux le goût de la soupe aux tomates et au persil que l'image qui accompagnait la recette. Nous l'avions choisie pour honorer Hồng. Elle était cette fillette séparée de son père et de son frère aîné lors de l'arrestation. Quelques minutes avant d'être poussée par son père dans la foule entassée sur le bateau, celui-ci lui avait dit que, en toutes circonstances, il ne fallait jamais qu'elle l'identifie. Elle devait prétendre auprès des policiers qu'elle voyageait seule avec son frère de douze ans. Elle s'était retrouvée dans la prison des femmes, isolée de celle des hommes par des feuilles de tôle. Son frère avait creusé un petit espace dessous afin de pouvoir tenir la main de Hồng pendant la nuit. Le jour, elle allait jusqu'au bout du camp, où seul un grillage avait été érigé entre eux. Ainsi, son frère pouvait garder un œil sur elle. Leur père se tenait le plus possible à l'écart des deux enfants en changeant de nom et en mentant sur son adresse. Il ne se retournait jamais, même lorsqu'il les entendait, assis sur leurs talons dans la terre asséchée par les cent pas des prisonniers, pleurer de peur et de faim. Il espérait que, grâce à leur innocence et à leur solitude, ils seraient libérés avant lui. Son vœu a été exaucé. Les enfants sont retournés à la maison et lui, pas encore, même si cette prison a fermé ses portes depuis des années déjà.

Le dernier souvenir que Hồng a gardé de son père est un bol en plastique jaune décoloré contenant un bouillon clair avec un morceau de tomate et quelques bouts de tiges de persil. Il l'avait déposé dans un coin du terrain en passant devant son frère, qui avait gardé le bol entre ses mains, dans l'enceinte de ses jambes pliées, et attendu que Hồng arrive au grillage pour lui faire boire un peu de cette eau tomatée. Elle n'avait jamais goûté à un plat aussi délicieux. Depuis sa libération, elle tentait de retrouver ces saveurs en cuisinant cette soupe au moins une fois par semaine. Peu importe la variété de tomate, elle était incapable de reproduire le souvenir indélébile mais fuyant de ces quelques gorgées. Nous avons donc immortalisé la recette à la mémoire de son père. De même, le calmar coupé en rondelles et sauté avec des morceaux de concombre et d'ananas soulignait ma rencontre avec Julie. Chaque recette était portée par une histoire.

La Palanche a connu un succès retentissant à travers la province, si bien qu'un producteur nous a proposé une émission de cuisine à la télévision. Comme je voulais élargir l'expérience vécue avec Philippe, Julie a invité des chefs à revisiter ou à réinventer nos recettes vietnamiennes à l'écran, avec moi. Ces collaborations nous ont confirmé que, en général, nous recherchions le même équilibre en bouche mais en utilisant des ingrédients spécifiques à chaque région. L'osso buco se rafraîchit avec la gremolata, alors que le ragoût de bœuf à la citronnelle s'accompagne de daïkon vinaigré pour son goût légèrement amer. Dans la cuisine traditionnelle québécoise, les boulettes de bœuf haché sont arrosées d'une sauce brune dont la consistance et la couleur se comparent à la sauce à base de soja et de fèves vieillies dans le sel qui habille les boulettes grillées vietnamiennes. Les gens de la Louisiane enveloppent leur poisson d'épices cajun à noircir et les Vietnamiens, de citronnelle et d'ail haché.

Il va de soi que certains goûts sont exclusifs et tracent une forte frontière identitaire. Par exemple, aucun des chefs que j'ai rencontrés n'a su quoi faire avec le cartilage des os du poulet, alors qu'à Bangkok on croque ces boules panées avec extase. Je serais cruelle d'imposer la pâte de crevettes fermentées, intensément mauve et odorante, à mes chefs invités, tout comme de leur faire manger des goyaves vertes trempées dans du sel très pimenté. Cependant, le saumon grillé ou poêlé accueille sans retenue la salade de mangue sure et de gingembre. Comme deux amis de longue date, la sauce de poisson s'accorde avec le sirop d'érable dans la marinade des côtes levées, alors que dans la soupe au tamarin, tomates, ananas et poisson, le céleri remplace dignement la tige des oreilles d'éléphant. Ces deux légumes absorbent les saveurs et transportent le bouillon dans leur chair poreuse avec la soumission d'un serviteur, tout en étant présents à la manière d'un « h » aspiré. Étrangement, la feuille des oreilles d'éléphant, à l'inverse de sa tige poreuse, pourrait nous abriter en cas de pluie puisqu'elle est imperméable, comme celle du nénuphar et du lotus. Julie, séduite par les deux facettes de ces plantes, a fait creuser un étang dans la cour du restaurant afin d'y faire flotter ces fleurs tropicales. Dès l'apparition du premier bourgeon, Maman a récité une chanson populaire traditionnelle que tout Vietnamien connaît par cœur :

Trong đầm gì đẹp bằng sen,
Lá xanh, bông trắng lại chen nhụy vàng,
Nhụy vàng, bông trắng, lá xanh,
Gần bùn mà chẳng hôi tanh mùi bùn.

Dans le marais, quoi de plus beau que le lotus,
Où rivalisent feuilles vertes, pétales blancs
        et pistils jaunes,
Pistils jaunes, pétales blancs, feuilles vertes,
Près de la boue, mais sans sa puanteur[3].

---

3. Traduction de l'auteure.

thơ
•
poème

Nous avons imprimé les deux versions de ce poème en des centaines d'exemplaires afin de les offrir à nos clients, qui venaient se prélasser dans le jardin sur des chaises de plage en toile. Les étudiants, souvent aspirants auteurs ou poètes, se donnaient rendez-vous sur cette terrasse, sous les plants de courges géantes de Maman, pour écrire côte à côte, échanger un mot contre un autre ou rassurer ceux qui paniquaient devant la page blanche. Sans tambour ni trompette, dans l'intimité de cette oasis urbaine, des livres y ont été lancés et des textes régulièrement lus par leurs auteurs les nuits de pleine lune.

En parallèle, *La Palanche* séduisait Paris, où bon nombre de lecteurs avaient entretenu une relation intime avec le Vietnam. Certains se rappelaient un grand-père qui y avait vécu pendant la période de l'Indochine française, d'autres se souvenaient d'un oncle ou d'un lointain cousin décrivant les plantations de caoutchouc, de ce « bois qui pleure », de ces hévéas qui saignent du latex à la tonne. Les révolutionnaires vietnamiens ont brisé l'image romantique des hectares couverts de ces grands arbres droits et alignés en soulevant le rideau de brume qui cachait la sueur et les têtes baissées des *coolies*.

cao su
caoutchouc

Aux yeux bleu clair de Francine, une lectrice rencontrée au Salon du livre de Paris, aucune architecture ne saurait être à la hauteur de l'hôpital Grall de Saigon, dans lequel son père traversait tel un demi-dieu les larges vérandas qui ceinturaient les chambres des patients. Il y était chirurgien en chef et n'avait jamais eu la chance d'y retourner avant son décès. Malgré tout, il avait eu le Vietnam sur le cœur jusqu'à son dernier souffle, car il y avait abandonné la nourrice qui avait élevé Francine durant huit ans et les enfants handicapés de l'orphelinat qu'il avait construit comme un nid, comme un défi contre le mauvais sort. Il s'était battu contre la tragédie humaine en faisant croire aux enfants que le Père Noël existait et qu'il avait tellement hâte de leur remettre les cadeaux qu'il avait oublié de troquer son costume de velours contre un habit plus tropical.

Francine avait grandi parmi eux, en sœur aînée pour les plus jeunes et en petite sœur pour les plus grands. Elle aidait à nourrir les petits en tendant patiemment les cuillères de riz et apprenait auprès des autres à compter sur le boulier chinois. À l'heure de la sieste, sa mère jouait du piano pour les bercer. En retour, les employées de l'orphelinat chantaient des comptines traditionnelles afin d'endormir Luc, le jeune frère de Francine, pendant que leur mère préparait des gâteaux pour célébrer la fête des Rois ou l'arrivée d'un enfant. Lorsque le Sud avait perdu la guerre contre le Nord et que les chars d'assaut étaient entrés dans la ville, la famille de Francine avait pris le dernier avion qui quittait Saigon sans avoir eu le temps de passer par l'orphelinat. Personne n'a pu ensuite faire le deuil de ce départ précipité, sauf Luc, qui n'avait alors que treize mois et ne se souvenait pas que, jadis, il répondait également au nom de « Lực », le petit homme « fort et tout-puissant » de son entourage vietnamien.

Francine m'a attendue jusqu'à la fermeture du salon pour m'inviter à dîner au restaurant de Luc. Cette adresse faisait partie de ces lieux mythiques qui ont traversé l'histoire, dont la Seconde Guerre mondiale, quand les planchers étaient recouverts de peinture noire afin de cacher les mosaïques au regard des soldats nazis. Saigon aussi avait survécu aux différents cataclysmes propres à la nature humaine. Je lui ai confirmé que la ville avait beaucoup changé, que même les rues portaient des noms nouveaux. Son ancienne rue Catinat, celle des boutiques luxueuses, était devenue Đồng Khởi (Mouvement révolutionnaire), et le café Givral, où les cantaloups se vendaient par fines tranches à prix fort, avait été démoli pour faire place à un bâtiment moderne avec néons de couleur et parkings à étages.

Toutefois, je l'ai aussi rassurée : l'hôtel Caravelle avait conservé son nom, l'église Notre-Dame s'imposait encore en plein cœur du centre-ville à Saigon — des motos gravitaient autour d'elle à toute heure à une vitesse folle —, et elle reconnaîtrait les nombreux ronds-points, dont celui du marché Bến Thành. J'ai esquissé sommairement le plan des mille cinq cents rayons surchargés de fruits confits, de souliers, de pieuvres séchées, de vermicelles frais, de tissus... Comme dans ses souvenirs, les marchands défendent encore chacun des centimètres carrés disponibles de ces allées fourmilières étroites, étourdissantes mais si vivantes. Nous étions deux nostalgiques, si éprises de nos propres souvenirs d'un même

nhà hàng
.
restaurant

lieu que l'arrivée de Luc à la table nous a fait sursauter.

« J'ai lu votre ouvrage », m'a-t-il dit en me serrant la main trop longtemps.

L'erreur a découlé de cette seconde de trop pendant laquelle mon empreinte a eu le temps de s'imprégner de la sienne. Aurais-je pu faire autrement ? J'avais une main d'enfant et lui, celle d'un homme aux doigts de pianiste, longs et enveloppants, dont la poigne ordonne et rassure. Si mes mâchoires n'avaient pas été coincées et mes bras, liés, je lui aurais peut-être cité ces vers de Rumi qui avaient soudain surgi dans ma tête.

bàn tay
.
main

A fine hanging apple
in love with your stone,
the perfect throw that clips my stem[4].

Une jolie pomme suspendue
en amour avec votre galet,
le lancer parfait qui coupa mon pédoncule[5].

Julie avait choisi ces lignes pour les cartons d'invitation à une journée pique-nique dans les vergers avec son cercle de parents adoptifs. J'ai alors recopié les mots une trentaine de fois sur le papier ivoire en trempant ma plume dans un encrier comme lorsque j'étais petite. J'ai longtemps cherché avant de retrouver le mauve de mon enfance, le mauve de tous les élèves vietnamiens durant les belles années. Pendant les temps durs, nous écrivions la première fois à la mine et la seconde, à l'encre, afin de pouvoir réutiliser le

---

4. Rumi, *Bridge to the Soul: Journeys into the Music and Silence of the Heart*, traduction Coleman Barks, Harper One, une division de HarperCollins Publishers, 2007.

5. Traduction de Julie Macquart.

cahier. Nous étions notés autant sur le fond que sur la forme, car la calligraphie traduisait aussi bien l'idée que l'intention et le respect. Toutes ces années d'entraînement où j'avais une tache d'encre mauve sur les phalangettes m'avaient dotée d'une écriture fine et constante, que j'aime utiliser de temps à autre pour ne pas perdre la souplesse dans les pleins et la légèreté dans les déliés. J'ai donc mémorisé ces mots et l'image précise de la pomme suspendue qui se détachait de la branche au choc de la pierre contre le pédoncule. Le buvard qui absorbait l'encre en excès me dépeignait parfois, accidentellement, la forme de la pomme ou du pommier mais jamais celle du galet ni du lancer. Alors, j'étais loin de m'imaginer qu'un jour je me sentirais comme cette pomme rattrapée par une main au milieu de sa chute.

Je n'ai pas fermé l'œil cette nuit-là parce que, au plafond, le film des minutes en présence de Luc passait et repassait en boucle, séquence par séquence, chacun des plans figé en photos. J'avais besoin de savoir exactement ce qui m'avait aspirée et projetée dans cet espace d'apesanteur. J'ai réexaminé chacune des tesselles des émaux de Briare qui recouvraient le bar d'un paysage luxuriant, où les gloires du matin s'entremêlaient aux rosiers grimpants. Était-ce le plumage rose naïf des cacatoès au milieu des feuilles de cette mosaïque qui m'avait enivrée ? Était-ce plutôt la brillance du poêlon en laiton que le serveur manipulait pour préparer la crêpe Suzette qui m'avait éblouie ? Ou était-ce le vert jade des yeux de Luc ?

cẩm thạch
jade

Comme les chiffres, les couleurs me viennent d'abord en vietnamien. De plus, nous n'avons pas l'habitude de distinguer les gens par la teinte de leurs cheveux ou de leurs yeux puisque les Asiatiques n'ont qu'un ton : brun très foncé jusqu'à noir ébène. Alors, je devais retourner à maintes reprises à l'image de son visage en gros plan pour identifier la couleur exacte de ses yeux, parce que le bleu et le vert ne sont désignés que par un seul mot dans ma tête : *xanh*. Son *xanh* ne représentait pas le bleu mais bien le vert, un vert des eaux de la baie de Hạ Long ou un vert jade foncé et vieilli ; celui des bracelets portés par les femmes pendant des décennies. On dit que les nuances du jade ressortent avec les années, que le vert tendre de la pistache s'intensifie pour devenir jeune olive ou même chair d'avocat, si la peau du poignet sait le patiner. Plus les teintes s'approchent du lichen, du sapin, du vert bouteille, plus le bracelet prend de la valeur. Alors parfois, les maîtresses de maison demandaient aux bonnes de les aider à les vieillir en les mettant à leur bras. L'apparence fragile du jade force les mouvements à se ralentir, imposant l'élégance aux gestes même lorsque les mains sont noircies de charbon ou couvertes de gerçures.

C'est probablement pour cette raison que Maman m'a enfilé un bracelet de jade dès mon plus jeune âge. À ce moment-là, je n'avais pas à savonner ma main ni à serrer ma paume, comme la plupart des femmes qui choisissent de porter cette pierre, plus précieuse que le diamant selon certains. Aujourd'hui, il entoure mon poignet sans glisser, car l'os a grandi et occupe maintenant toute la rondeur de ce cercle rigide. À moins d'événements exceptionnels, ce bracelet me suivra jusqu'à ma dernière destination. Entre-temps, il est mon aide-mémoire puisqu'il n'absorbe pas la chaleur des flammes et ne s'égratigne jamais. Il me rappelle de demeurer solide et, surtout, lisse.

yêu
•
amour
Je l'ai tenu serré comme une bouée de sauvetage pendant ma nuit blanche, parce que j'avais le vertige d'avoir accepté l'invitation de Luc, de le revoir le lendemain et aussi d'aller l'écouter jouer de la clarinette le soir même sans hésiter, sans Francine, sans peur. J'ai suivi sa voix de la même manière que mon grand-père avait suivi les

traces de ma grand-mère, deux personnes qui ne m'avaient jamais connue.

Maman m'a raconté que ce père, qui semblait sévère, avait demandé à être enterré avec un pot de céramique qu'il gardait précieusement dans son armoire. Ce pot contenait la terre qu'il avait prélevée dans la trace des pas de sa femme lorsqu'il l'avait aperçue la première fois. Il avait utilisé une feuille de platane pour soulever l'empreinte du pied en entier, d'un seul coup. Ses mains tremblaient parce qu'il avait failli ne jamais la trouver. Les prolongations d'une partie de soccer lui avaient fait manquer le premier rendez-vous, arrangé par la marieuse. Il était arrivé une heure en retard devant une porte fermée et des gens outragés. Il était reparti sans regret jusqu'au moment où il avait vu le chapeau conique de ma grand-mère traverser la basse-cour. C'était un chapeau qui ressemblait aux autres, celui qui est porté indifféremment par des femmes et des hommes de tout âge : ivoire, légèrement usé, le sommet pointé vers le ciel. Pourtant, la bande de tissu du sien, qui passait sous son menton pour le tenir en place, avait des attaches qui dépassaient de chaque côté. Ces lanières semblaient répondre différemment au vent, ce qui rendait le chapeau remarquable et elle, sa future femme, unique.

Dans mon cas, c'est la main de Luc qui a replacé le col de Francine sur son écharpe quand il est venu nous saluer. C'est son visage déformé sur scène et ses éclats de rire avec ses amis musiciens à la lueur

des ampoules nues. Ou peut-être n'y avait-il jus-
tement rien de particulier.

Luc avait enjambé deux marches à la fois sur quatre étages pour arriver jusqu'à ma porte au lieu de se faire annoncer par la réception de l'hôtel. Ce matin-là, il m'avait écrit de son téléphone : « Connaissez-vous le mot "appréhension" ? » J'ignorais la signification de ce mot, mais sans savoir je l'habitais déjà.

thang
*
escalier

Il y a plusieurs de ces mots que je tente de comprendre par leur sonorité, comme « colossal », « disjoncter », « apostille », et d'autres par la texture, l'odeur, la forme. Pour saisir les nuances entre deux mots cousins, par exemple pour distinguer la mélancolie du chagrin, je pèse chacun d'eux. Quand je les tiens dans mes paumes, l'un semble planer comme une fumée grise alors que l'autre se comprime en boule d'acier. Je devine, je tâte, et la réponse est aussi souvent la bonne que la mauvaise. Je fais constamment des erreurs et, jusqu'à ce jour, la plus étonnante a porté sur le mot « rebelle », que je croyais être un dérivé de « belle » : être belle de nouveau parce que la beauté s'acquiert et se perd. Maman me répétait souvent que, en cas de conflit, il vaut mieux se retirer qu'insulter quelqu'un, même si celui-ci se révèle fautif. Si nous éclaboussons l'autre, nous salissons notre bouche puisque nous devons d'abord la remplir de colère, de sang, de venin. Dès lors, nous cessons d'être belle. Je croyais que le « re » du mot « rebelle » ouvrait la possibilité d'une rédemption ; celle qui nous permettait de retrouver notre beauté d'avant.

Je me trompais souvent, alors cette fois je n'ai pas osé deviner le sens du mot « appréhension ». Je ressentais seulement la peur d'ouvrir la porte de ma chambre.

Il était resté debout dans le couloir de l'hôtel pendant quelques respirations avant de frapper. Dans
une main, il tenait un manteau et dans l'autre,
deux casques. J'essaie encore aujourd'hui de me
souvenir de ses premiers mots, en vain ; à cet instant précis, je me trouvais probablement ailleurs,
peut-être sur la lune. Les mères vietnamiennes
racontent aux enfants qu'un bûcheron s'y trouve,
assis sous un banian, jouant de la flûte pour
divertir la fée lunaire. Les Chinoises montrent les
ombres qui forment la silhouette d'un lapin préparant la recette de l'immortalité ; les Japonaises
cousent pour leurs filles des hagoromo, des robes
de plumes comme en portait la fée qui a quitté la
Terre pour la Lune, laissant derrière elle un empe-
reur amoureux. Ce dernier a demandé à son armée
de l'emmener jusqu'au sommet de la plus haute
montagne pour qu'il puisse se rapprocher d'elle.

Luc m'a entraînée dans ces contes de fées en
me couvrant de son manteau de duvet, dont les
manches m'arrivaient aux genoux. « Je vous en
prie, ne protestez pas », m'a-t-il dit en se pen-
chant pour tirer la fermeture éclair. J'ai verrouillé
la porte derrière nous avec le vertige des astro-
nautes. J'avais lu qu'ils souffrent parfois de vertige
dans l'espace parce qu'ils perdent la notion du haut
et du bas. Pire qu'eux, j'avais aussi perdu la gauche
et la droite.

mặt trăng

lune

Je suis montée maladroitement derrière lui sur le scooter et nous avons traversé Paris jusqu'à la résidence de sa mère. Elle ne nous attendait pas. Elle n'attendait plus personne. Elle ne chantait plus et ne se souciait plus de son reflet dans le miroir. Je me demandais si elle ne s'approchait pas de l'état du nirvana, où l'âme se détache tranquillement du corps, libérée de tout désir, insensible à toute souffrance. Au moment où Luc m'a demandé si j'avais peur, elle a posé sa main sur ma tête et a commencé à me caresser les cheveux, lentement, longuement. Autour, les murs étaient tapissés de photos, dont une d'elle en t-shirt rouge vif arborant un gros cœur bleu royal sur le buste, assise au piano, avec en arrière-plan des enfants somnolents, délivrés temporairement de leur corps éclopé.

Ses mains s'étaient affaiblies, mais elles exprimaient encore tant de douceur, peut-être parce que ses doigts noueux avaient écrit des centaines de lettres à ses orphelins sans jamais se décourager malgré l'absence de réponse. Pendant toute son enfance, Luc avait dû partager sa mère avec ces fantômes qui la hantaient. Au début, elle arrêtait chaque Vietnamien qu'elle croisait dans les rues de Paris pour lui demander s'il connaissait l'orphelinat. Si par malheur la personne avait vécu dans le même district, elle l'invitait et lui posait mille questions. Une dame l'avait un jour informée que la maison avait été confisquée et redistribuée à cinq familles. Les enfants avaient été chassés dès le début de la répartition de la propriété. Avant que cette dame ait pu décrire le silence qui régnait dans le quartier pendant l'opération, la mère de Luc avait quitté la table. À partir de ce jour, elle avait refusé de parler à des Vietnamiens, de peur d'en rencontrer un autre qui confirmerait le destin sombre de ces enfants. Elle avait également tenu Francine et Luc à l'écart de contacts possibles avec eux.

mồ côi

orphelin

Francine m'avait approchée avec la fébrilité d'une fillette qui va à l'encontre de la volonté de sa mère, qui enfreint une interdiction désuète mais encore émotivement contraignante. La semaine précédant notre rencontre, dans la vitrine de la librairie de son quartier, la photo de couverture de *La Palanche* — un bol de terre cuite à moitié enfoncé dans la braise et contenant une darne de poisson caramélisée — l'avait remuée jusqu'aux larmes. L'odeur de la sauce de poisson était venue la frapper comme si elle était de nouveau debout dans le coin cuisine de l'orphelinat au moment où la cuisinière en versait dans le mélange brûlant de sucre, d'oignon et d'ail. Le jour même, Francine avait offert le livre à Luc. Comme elle, il avait senti immédiatement cette odeur violente et inimitable que leur mère préférait à toute autre. Elle préparait ce plat au moins une fois par mois, avec du chou blanchi ou des concombres coupés en rondelles et du riz vapeur. Dès qu'il le pouvait, Luc se sauvait de la maison les soirs de *cá kho tộ*. Il ne savait pas s'il détestait plus l'odeur du *nước mắm* cuit ou l'atmosphère entourant ce plat lourd d'obsessions et d'impuissance.

— Est-ce que vous accepteriez de cuisiner pour ma mère ?

Sur le chemin du retour, Luc m'a pointé du doigt
les coquelicots qui coloraient le bord des auto-
routes. Comment une fleur aussi fragile pouvait-
elle se faufiler entre les herbes sauvages en défiant
le béton et l'asphalte ? Il m'a expliqué que leur
apparence était trompeuse, que les coquelicots
avaient la capacité d'envahir des terres incultes ou
d'attaquer tout un champ de blé. Plusieurs peintres
ont été subjugués par leur couleur « crête de coq »,
mais pour Luc le coquelicot évoquait Morphée,
qui utilise la fleur comme une baguette magique.
Il lui suffit de nous effleurer avec les pétales pour
que nous nous endormions et rêvions en douceur.
Quant à moi, je vivais un rêve éveillé dans lequel je
n'osais pas cligner des yeux de peur que tout dis-
paraisse. J'ai découvert les *Coquelicots* de Monet
au musée d'Orsay, et aussi le triangle de peau qui
se situe sous mon menton, là où les doigts de Luc
m'avaient effleurée pour attacher et détacher la
boucle du casque de moto.

cằm
·
menton

Le lendemain, lui entre deux rendez-vous et moi
entre deux engagements, nous sommes allés dans
le 13ᵉ arrondissement pour faire des achats avec
ses enfants, qui étaient en congé. Nous zigzaguions
dans les allées étroites, entre des paniers et des
boîtes empilés selon une logique obscure propre au
magasin. Les enfants n'étaient aucunement inti-
midés par la foule abondante, ni par le vacarme des
langues étrangères. Ils me bombardaient de questions avec aise : comment mange-t-on un sapotier,
où poussent les fruits du dragon, combien de bras

chợ
·
marché

a la pieuvre, pourquoi les œufs sont noirs… Leur enthousiasme m'a poussée à acheter sans exception ni hésitation tout ce qui avait piqué leur curiosité. De retour chez leur grand-mère, nous avons étalé les fruits sur la table du jardin avant de la faire asseoir avec nous. À notre grande surprise, elle a séparé la pomme cannelle en deux pour manger sa chair laiteuse tout en crachant les noyaux noirs dans sa main.

mãng cầu
·
pomme
cannelle

Quand les communistes ont gagné et que le pays a été réunifié, de nombreuses familles se sont renouées. Beaucoup de jeunes s'étaient enfuis du Nord en franchissant le 17e parallèle, qui séparait le pays en deux, laissant derrière eux des parents qu'ils avaient retrouvés vingt ans plus tard. Les jeunes étaient devenus parents à leur tour et leurs enfants, de petits sudistes ignorant la tradition des femmes nordistes de laquer leurs dents de noir, une opération qui demandait deux semaines de travail assidu d'une laqueuse professionnelle et autant de jours de douleur et d'inconfort. Les dents de jais ont été célébrées par les poètes et considérées comme l'un des quatre critères de beauté. Cette teinture durait toute la vie et protégeait les dents contre toute attaque des aliments. Les femmes portaient avec fierté ce noir brillant jusqu'à ce que cette tradition soit éclipsée par l'élégance à la française. La disparition de cet héritage culturel m'a été confirmée quand j'ai entendu un enfant demander pourquoi sa grand-mère venant du Nord gardait les noyaux de pomme cannelle dans sa bouche au lieu de les recracher. Cet enfant ne pouvait imaginer que sa grand-mère puisse avoir les dents laquées noires et qu'elle était l'une des dernières représentantes de cette tradition qui se mourait.

J'ai donc été agréablement surprise de voir la mère de Luc éparpiller les noyaux sur la table et tenter sans succès d'en pousser un entre deux autres. C'était un jeu pratiqué par les enfants vietnamiens qui ne possédaient pas de billes. Je me suis approchée d'elle pour continuer le mouvement de son doigt, qui refusait de suivre sa volonté. Luc est venu jouer son tour et, finalement, les enfants. Chacun a jalousement gardé les noyaux ramassés et le gagnant a fait la danse de la victoire comme si nous étions à la Coupe du monde. Ils ont aussi essayé de s'agenouiller sur la peau du jacquier comme les élèves vietnamiens en punition, mais les écailles les ont fait tressaillir au premier contact.

Pendant qu'ils jouaient avec les sabres en bois trouvés à la sortie du magasin, je caramélisais le poisson au-dessus du vieux seau troué et rouillé, transformé en « bouche » de feu. Je cuisinais dehors, comme à l'orphelinat, comme dans la plupart des maisons du Vietnam. La mère de Luc est venue s'asseoir sur une pierre à mes côtés et a retiré de mes mains les longues baguettes en bambou pour retourner les morceaux de poisson. Luc l'a prise en photo pour ne plus jamais oublier ce geste, qui avait été absent de sa mémoire durant les vingt-cinq dernières années. J'ai préparé deux portions, dont une moins épicée pour les enfants.

L'autre, la mère de Luc l'a parsemée de poivre que j'avais concassé grossièrement dans un mortier. Alors qu'elle nous était attentive, je lui ai chuchoté un mensonge : « Les enfants de l'orphelinat vont bien. Ils ont hâte de vous revoir. » Je ne sais pas si elle m'a crue, mais elle m'a caressé les cheveux de nouveau.

J'ai proposé que nous mangions à la table des
enfants afin de recréer l'ambiance des restaurants
de rue, où les clients s'asseyaient sur des tables et
des tabourets très bas. La mère de Luc n'avait pas
oublié l'habitude de boire le bouillon aux feuilles
de chrysanthème après le poisson, à la fin du repas.
Au dessert, les enfants ont tenté sans succès de
soulever des cubes de mangue avec des baguettes.
Ils m'ont lancé le défi, alors je leur ai déposé déli-
catement les morceaux dans la bouche, ce qui m'a
élevée au rang d'acrobate ou de magicienne. Luc a
voulu les faire rire en attrapant un cube qui leur
était destiné. Son mouvement brusque l'a fait
glisser, alors par réflexe nous l'avons tous les deux
attrapé au vol. Je me suis retrouvée à un iota de ses
lèvres. Jusqu'à cet instant précis, je n'avais jamais
ressenti le désir d'embrasser la bouche de qui que
ce soit. De plus, lorsque j'embrassais, j'utilisais
mon nez à la manière des mères vietnamiennes,
qui aspirent le parfum de lait des cuisses dodues
de leur bébé.

cải cúc
·
chrysan-
thème

hôn
·
embrasser

Mon mari et moi n'avions pas adopté les baisers que les couples se donnent en guise de salutation ou de préliminaires. Nous demeurions pudiques même après les deux enfants, même après vingt ans de mariage. La langue nous contraignait probablement à cette retenue. Nous parlions des choses en évitant de les nommer. Il suffisait de dire « être proche » (*gần*) pour comprendre qu'il y avait eu relation sexuelle. Il suffisait que mon mari se tourne vers moi pour que je comprenne mon devoir d'épouse. Il suffisait qu'il soit heureux pour que nous le soyons tous. Nous étions un couple sans histoires ni disputes.

vô hình
·
invisible

Maman m'avait enseigné très tôt à éviter les conflits, à respirer sans exister, à me fondre dans le décor. Son enseignement était essentiel à ma survie puisqu'elle était parfois appelée à partir en mission. Nous connaissions rarement les dates de ses départs et encore moins celles de ses retours. Pendant son absence, elle m'envoyait chez des gens qu'elle connaissait ou qui avaient reçu l'ordre de me garder. J'ai appris très vite à être à la fois invisible et utile afin d'être oubliée, afin que personne ne puisse me faire de reproches, afin que personne ne m'atteigne. Je savais à quel moment déposer une assiette à côté de la mère qui était sur le point de vider les légumes de son wok sans qu'elle voie ma main, tout comme je pouvais garder les filtres en porcelaine pleins d'eau potable sans que personne m'ait vue y vider les bouilloires refroidies pendant la nuit.

J'étais capable d'identifier les besoins des membres de mes familles d'accueil en une journée, deux tout au plus. Il m'était donc très facile de prévoir les désirs de mon mari avant qu'il en soit conscient lui-même. Je veillais à ce que son tiroir de sous-vêtements contienne toujours un nombre suffisant de t-shirts blancs sans couture aux épaules, un vêtement porté par certains Chinois de la classe ouvrière. Par habitude et par nostalgie, il avait continué d'en mettre sous ses chemises. Je remplaçais les plus usés par des neufs achetés dans une boutique du quartier chinois sans même qu'il s'en rende compte puisque je les lavais deux fois pour amollir le tissu, pour les rendre siens. De même, l'armoire de balles ne manquait jamais de nouvelles boîtes pour ses soirées de tennis les mercredis et vendredis et, plus récemment, de balles de golf pour les samedis matin. Les encarts publicitaires dans ses *National Geographic* étaient toujours retirés parce que ces bouts de carton rigide l'irritaient particulièrement et inutilement.

À l'inverse, il ne me reprochait jamais de passer trop d'heures dans la cuisine, pas plus qu'il ne me questionnait sur mes choix concernant l'éducation des enfants. Mon mari et moi avancions sur une route aussi lisse et plane qu'une piste d'atterrissage.

tóc

·

cheveux

Comme Luc, j'avais un mariage parfait jusqu'à ce qu'il dégage mes cheveux avec le dos de ses mains et hume le côté de mon cou en me demandant de ne pas bouger, sinon il tomberait, sinon il hurlerait. La seule trace de Luc que j'ai pu rapporter à Montréal était celle de ses mains sur mes yeux, qu'il avait recouverts pour que je ne voie pas ses larmes couler en silence dans le stationnement de l'aéroport. J'étais restée immobile devant lui, dépassée par cette secousse d'émotions qui m'était si étrangère. Il m'avait regardée traverser la ligne de sécurité, partir sans date ni promesse de retour.

J'ai appris à maîtriser ma respiration, à avoir *thở*
besoin de très peu d'oxygène, comme les mon-
tagnards et ceux qui vivaient dans les tunnels de respirer
Củ Chi pendant la guerre. Lorsque nous habitions
dans une chambre assignée par le gouvernement
à Hanoi, Maman et moi, nous dormions avec
une serviette sur le nez pour ne pas être réveil-
lées par les relents qui sortaient des murs tels
des monstres puants. En ce temps-là, j'expirais
plus que je n'inspirais, mais je n'étouffais jamais.
Par le hublot, apparaissant et disparaissant dans
les nuages, l'image de la rondeur de l'épaule de
Luc sous sa chemise parme, celle de son poignet
robuste entouré d'un cordon rouge ou celle de ses
boucles qui débordaient de son casque aspiraient
tout l'air de mes poumons et rendaient le huis clos
de l'avion étouffant, invivable.

lụa
·
soie

À l'exception du coupe-ongles qu'il gardait en permanence dans ses poches de pantalon et que j'avais utilisé sur ses fils dans le jardin de sa mère, je ne savais rien encore de cet homme, qui était subitement devenu le centre de mon univers alors que je n'avais ni centre ni univers. Je me suis peut-être trompée en me moquant de ceux qui croient à l'histoire du saint Ông Tơ, dont le rôle est de lier d'amour deux personnes en entortillant deux fils de soie rouge ensemble entre ses doigts. Peut-être Luc était-il ce fil rouge qui m'était destiné ?

Peut-être avait-il raison finalement, ce jeune Alexandre, un client étudiant en peine d'amour qui m'avait un jour juré qu'il n'en aimerait jamais un autre et qui avait soutenu sa conviction en épinglant sur la corde à mots suspendue dans la vitrine une citation de Roland Barthes : « Je rencontre dans ma vie des millions de corps ; de ces millions je puis en désirer des centaines ; mais, de ces centaines, je n'en aime qu'un[6]. » Cet énoncé m'était alors totalement étranger et incompréhensible puisque je n'avais jamais vécu cette sensation d'exclusivité et d'unicité.

---

6. Roland Barthes, *Fragments d'un discours amoureux*, Le Seuil, Paris, 1977.

Je suis certaine qu'aucun passager n'avait remarqué la présence de Maman dans la foule devant les portes coulissantes à la sortie des douanes. Elle m'a paru particulièrement menue et vieillie. Elle semblait avoir accédé à ce seuil où elle se laissait bercer par le temps non pas forfaitairement mais tendrement, comme s'ils se confiaient l'un à l'autre et se moquaient avec affection des tourbillons de la jeunesse. Maman a caressé le bout de mes cheveux trois fois, ainsi qu'elle l'avait toujours fait lorsqu'elle venait me chercher chez mes gardiennes. Quand j'avais les cheveux courts ou attachés, je sentais sur mon dos la chaleur de sa main minuscule mais puissante comme celle d'un guérisseur. Je me suis vue répéter ce même geste sur mes enfants quand je les accueillais à la sortie de l'autobus scolaire devant la maison, après une semaine d'absence. Le contraste entre le minimalisme de mon geste et l'affection spontanée des enfants de Luc, qui m'avaient serrée dans leurs bras pendant une éternité pour me dire au revoir, m'a sidérée.

sân bay
·
aéroport

L'intimité entre mes enfants et Julie m'a toujours rassurée. Ils s'embrassaient, s'enlaçaient, se murmuraient des secrets et des mots doux. Julie les emmenait régulièrement aux concerts, où le chef d'orchestre leur montrait comment écouter les instruments pour entendre la voix des personnages des histoires racontées en musique. Elle les inscrivait aux cours de hockey, de natation, de ballet, de dessin... Elle décidait avec ma fille de sa coupe de cheveux : épaule, mi-dos, frange, sans frange. Mes enfants connaissaient le numéro de téléphone de Julie par cœur et l'appelaient « *Má Hai* », Mère Deux.

Dans une famille, « Deux » exprime le premier rang et Julie occupait cette place puisqu'elle était plus âgée que moi, puisqu'elle était ma grande sœur. Souvent, les tantes dans une famille sont appelées « mère » parce qu'elles ont presque le même devoir et le même droit de regard sur le bien-être et l'éducation de l'enfant. Dès que Julie s'avançait pour les guider, les corriger, les amuser, je me retirais afin que la relation entre eux puisse s'approfondir et exister sans moi, après moi. Au Vietnam, il est dit que l'orphelin de père mange tout de même riz et poisson tandis que l'orphelin de mère doit étendre des feuilles par terre pour dormir (*Mồ côi Cha ăn cơm với cá ; mồ côi Mẹ lót lá mà nằm*). Mes enfants avaient beaucoup de chance. Ils avaient à la fois une assurance-vie et une assurance-mère.

Je remerciais aussi Philippe de leur avoir répété *tim*
sans cesse les mots « Je t'aime » avec ses cœurs .
dessinés, modelés, écrits sur des tuiles aux cœur
amandes, des guimauves, des jujubes, des mousses
au chocolat… Mes enfants l'imitaient en signant
spontanément leurs dessins et leurs cartes avec
des cœurs alors que de toutes les lettres que j'avais
écrites à Maman, aucune ne contenait ces trois
mots, « Tu me manques », et pourtant chacun des
détails racontés souffrait de son absence. Je lui
avais décrit le nombre étourdissant de marques
de shampooing qui se trouvaient dans un seul et
même magasin parce que je souhaitais de nouveau
verser l'eau sur ses cheveux savonnés tandis qu'elle
penchait la tête au-dessus du bassin en aluminium
que nous utilisions pour laver les vêtements.

Je lui avais envoyé le plan du métro, expliquant la
vitesse du train qui s'enfonçait dans le noir des tunnels avec la précision d'une balle le long du canon
parce que je préférais la lenteur de notre train, si
lent que nous frôlions le quotidien des gens habitant tout près des rails. Les passagers se plaignaient
de l'étroitesse des couchettes, même en première
classe puisque nous étions six dans chaque cabine.
Les dernières couchettes étaient fixées à une trentaine de centimètres du plafond, un espace à peine
suffisant pour qu'on s'y glisse. Une fois, au-dessus
de nous, une femme corpulente s'y était installée,
son ventre touchant presque le plafond. J'avais eu
très peur que la planche de Formica se casse et que
la dame tombe sur nous, qui dormions juste dessous. Cette inquiétude n'avait été que très brève

parce que j'étais heureuse d'être lovée tout contre Maman. Le nez collé au mur, le dos enveloppé de sa chaleur, la tête sur son cœur, je dormais du plus doux, du plus profond des sommeils. Maman pensait que l'air devait me manquer dans cet espace si restreint, et pourtant je n'ai jamais été aussi vivante que durant ces rares trajets en train, où elle me protégeait des passagers aux mains errantes, où elle m'offrait la légèreté, où elle avait réduit la vie, le monde entier en une seule bulle.

Je n'étais plus témoin, dans la fenêtre de la maison que frôlait notre train, du père qui lançait un fer à repasser au visage trop fardé de sa fille. Je n'écoutais plus la conversation des deux hommes voisins qui se remémoraient leurs années d'étudiants et de vendeurs clandestins de marchandises rationnées en ex-Tchécoslovaquie. Je ne comptais plus les coquerelles qui rampaient à la hâte sur les parois ni me demandais si l'oreiller de polyester en satin rose offert par le train, bordé de volants poussiéreux froncés et multiples, ne rassemblait pas toutes les colonies de poux du pays. Dans cette enceinte, je pouvais me reposer, m'abandonner et abandonner les millions de détails du monde qui m'entourait. J'écartais tout, j'ignorais tout dès que j'étais couchée en cuillère avec Maman.

nhìn
•
regarder
Quand le regard de Luc se posait sur moi, j'avais cette même impression d'exclusion, où les choses alentour disparaissaient et où l'espace entre nous contenait ma vie entière. J'avais lu dans un livre oublié par un client que « regarder », c'est

esgarder, avoir des égards envers quelqu'un. Au Moyen Âge, pour décrire une situation de guerre ou de conflit, on disait des ennemis : « "Aucun d'eux n'a de l'autre regard." Ce mot contient depuis des siècles le respect, certes, mais aussi la préoccupation, le souci de l'autre[7]. » Mon mari n'avait pas à m'offrir ce regard ou cet égard parce qu'il n'avait pas à se préoccuper de moi. Puisqu'il me décrivait souvent à ses proches comme étant une femme qui survivrait seule autant dans le désert qu'en Antarctique, il pouvait continuer à marcher et à s'éloigner de moi sans s'apercevoir que j'étais à un coin de rue derrière lui, une lanière de mes sandales cassée. Puisque j'avais eu la chance d'avoir été choisie par lui, par sa famille, c'est moi qui devais me soucier de lui et non l'inverse. De toute manière, je veillais déjà à tous les détails, du plus insignifiant au plus évident, des pantoufles tournées dans le bon sens près du lit le soir aux cadeaux d'anniversaire des membres de sa famille, du croupion de poulet réservé dans son bol jusqu'aux rencontres de parents à l'école. J'anticipais, je prévoyais, je préparais avec des mains invisibles comme celles d'Eleanor Roosevelt, qui remplissait le stylo à plume de son mari avant de le remettre dans la poche de son veston chaque matin.

---

7. Camille Laurens, *Le Grain des mots*, P.O.L, Paris, 2003, p. 22.

Jean-Pierre, un client régulier du restaurant, infir-
mier et ancien prêtre, se souciait aussi des détails
entourant le quotidien de sa femme vietnamienne,
Lan, mais toujours de façon festive. Il la soulevait
dans ses bras avec le geste léger et le corps souple
d'un danseur. Il l'avait vue à la même heure sur le
même quai du métro pendant quatre jours avant
de l'approcher et de lui sourire. Devant ses grands
yeux pers, elle s'était figée comme un faon sous des
phares. Elle était de ces femmes que mère Nature
avait négligées ou, au contraire, qui avait été créées
pour confirmer l'existence de l'amour sublimé.
Lan s'était toujours comportée en invisible afin
d'éviter les regards indiscrets. Elle traînait dans
son sac un parapluie pour se cacher du soleil, de
la neige, de la pluie et des gens, et à l'intérieur elle
disparaissait derrière un simple livre ouvert.

Jean-Pierre avait remarqué le cahier d'exercices de
français offert aux immigrants adultes, qu'elle lisait
avec zèle. Il l'avait saluée en un mot ou deux avant de
lui tendre une carte du restaurant avec une heure
et une date notées à la main. Il m'avait demandé
d'écrire au dos que je lui servirais d'interprète. Elle
m'avait téléphoné avant la date du rendez-vous. Elle
soupçonnait un guet-apens, alors que Jean-Pierre
désirait seulement lui dire qu'il la trouvait belle
comme la Vierge Marie et qu'il aimerait prendre
soin d'elle. Les premiers jours, Jean-Pierre l'attendait patiemment à l'entrée du métro en marchant
un pas derrière elle pour ne pas l'effrayer, et, tranquillement, il s'était approché pour la soulager de
son sac lourd de dictionnaires. Et puis, un jour, il

l'avait demandée en mariage, avait parrainé ses parents, ses deux frères et ses quatre sœurs, lui avait aménagé un jardin et réservé un mur de photos prises d'elle en hiver, en amour, enceinte… À nous, il avait présenté sa beauté à la manière du bijoutier français qui convainc ses clients de la splendeur des bagues au diamant non taillé. Lan n'avait jamais rêvé qu'une main lui caresserait les joues ravagées par l'adolescence ni n'avait planifié son départ de Nha Trang.

Elle s'était retrouvée une nuit par pur hasard au milieu d'un groupe qui débarquait silencieusement et rapidement d'un camion recouvert d'une toile pour se diriger vers une planche reliant la rive à un bateau. Elle avait été poussée par le mouvement précipité de cent personnes, avec qui elle avait atteint les rives de l'Indonésie et l'île de Montréal quelques années plus tard. Le hasard lui avait offert un nouveau départ et un amour qui effaçait le gris de ses dents abîmées par les tétracyclines et qui adoucissait cette silhouette squelettique que ses voisins surnommaient « calamar séché », une friandise qui se vendait sur la plage et dont la chair était aplatie et accrochée au bout d'un fil sous le soleil comme un vêtement sur une corde, sans corps. Jean-Pierre avait discrètement enveloppé cette ossature avec sa chair en se tenant toujours près d'elle. Chaque fois que je voyais Lan, pendant les premières secondes, j'étais toujours étonnée de l'écart entre elle et mon impression d'elle, qui était celle d'une femme éblouissante.

quà

· cadeau

À mon retour de Paris, mon visage m'avait peut-être trahie. Maman avait tout de suite saisi ma fébrilité, malgré le déferlement des cadeaux sur la table du salon : des rubans pour les cheveux de ma fille, un grand livre de photos des avions de l'armée française, sujet qui passionnait mon fils, des marrons glacés, un délice fantasmatique de mon mari, qui en avait goûté quand une tante habitant Niort en avait rapporté à ses parents. J'avais offert à Maman des cahiers à réglure Seyès comme ceux qu'elle utilisait enfant, sur lesquels les « l » s'arrêtaient tous à la quatrième ligne horizontale et le rond des « o » se limitait à l'intérieur des deux premières. Je lui en avais acheté dix en espérant qu'elle écrirait notre histoire, la sienne et la mienne avant qu'elle soit mienne, et laisserait ses mots en héritage à mes enfants.

Le soir de mon retour, je me suis endormie en même temps qu'eux, avant mon mari, ce qui m'a permis de me lever au milieu de la nuit et de lire et relire la douzaine de courriels que Luc m'avait envoyés pour me décrire le Paris sans moi. Il avait suivi mon avion, de kilomètre en kilomètre, d'heure en heure, de nuage en nuage. Je suis allée m'asseoir dans la cuisine plongée dans le noir, où Maman est venue me retrouver sans prononcer un seul mot. Elle m'a apporté un thé et une boîte de mouchoirs, et nous sommes restées ainsi jusqu'au lever du soleil, jusqu'au premier bruissement de couverture.

Au fil des semaines suivant mon retour, Luc m'a *hạc* construit un nouvel univers avec des mots inusités, *grue* dont « mon ange », devenu exclusivement mien. Dans ma tête, je n'entendais plus que sa voix qui prenait de mes nouvelles tous les matins à 8 h 06, heure à laquelle je commençais ma journée de travail. Parallèlement, les services de traiteur se multipliaient, ce qui justifiait mes nuits passées seule dans la cuisine à trancher finement les rhizomes de lotus de la grosseur d'une paille dans le sens de la longueur et à compter pour Luc le nombre de trous dans ces jeunes pousses. Il m'écoutait au téléphone comme s'il assistait à un récital. Je lui demandais parfois son opinion sur les passages que je choisissais d'écrire au dos des menus pour les soirées privées.

Une fois, pour une soirée de levée de fonds, je suis retournée à une ancienne leçon de chinois où le professeur avait expliqué que le caractère du mot « aimer » englobait trois idéogrammes : une main, un cœur et un pied, parce que l'on doit exprimer son amour en tenant son cœur dans ses mains et marcher jusqu'à la personne qu'on aime pour le lui tendre. Julie avait imprimé cette explication sur de longues bandes de feuilles rouges que mes enfants, Maman, la fille de Hồng et la fille de Julie avaient cousues sur le corps des centaines de grues en origami. Dans la salle de réception, des oiseaux suspendus au plafond descendaient jusqu'aux invités pour leur livrer ce message, que j'avais initialement adressé à Luc. Sa grue à lui était couverte de ces mots que j'avais adoptés comme une seconde peau pour pouvoir identifier les sentiments inconnus qui me tourmentaient. En réponse à cette déclaration à moitié avouée, Luc m'a envoyé une invitation officielle à un festival où des restaurateurs recevaient un chef étranger dans leur cuisine pendant une semaine pour offrir aux clients trois soirs de mariages de connaissances et d'expertises différentes.

Ignorant la motivation réelle de Luc, tout le monde était heureux de cette vitrine parisienne, à l'exception de Maman, qui me rappelait que le succès attire la foudre et que c'est pour cette raison qu'on donnait des petits noms hideux aux nouveau-nés particulièrement beaux. Les parents les surnommaient « nain », « naine », « tire-bouchon », en référence à la queue des cochons, et les proches trompaient le Ciel tout-puissant en les déclarant laids, détestables, oubliables. Sinon, ils auraient attiré l'attention des esprits errants jaloux, capables de jeter des mauvais sorts.

J'ai aussi tenté de me duper en qualifiant ma rencontre avec Luc de tragédie, de drame ou de malheur qui m'engouffrait tout entière. Si j'avais été
une fervente catholique, j'aurais porté le cilice et
pratiqué la mortification pour le renoncement à
soi-même, pour faire mourir ce désir soudain de
vivre, de vivre vieille. J'entendais les mères rêver,
planifier d'être présentes à la remise de diplôme de
leurs enfants, au jour de leur mariage et à la naissance des petits-enfants. Contrairement à elles,
je ne pouvais m'imaginer à ces différents points
d'arrivée, à ces différentes bornes qui ponctuaient
leur route. Mon rôle se limitait à être un pont ou
un passeur qui les aidait à traverser une rivière ou
une frontière, sans avoir l'ambition de les suivre
jusqu'au bout. Mes affectations m'avaient toujours
été imposées par le quotidien, par les missions de
Maman, par les impossibilités et les possibilités.
Comme elle, je n'avais jamais choisi un but particulier. Pourtant, je me surprenais à être de nouveau assise sur les ailes d'un avion qui m'emportait
vers une destination précise, planifiée, désirée et,
surtout, vers une personne qui m'attendait, qui
m'accueillerait, qui me recevrait.

Au terminal 3 de l'aérogare, Luc n'apparaissait pas à l'ouverture des portes, ce qui concordait avec l'un des nombreux scénarios que j'avais prévus. Instinctivement, ma main s'était mise à chercher dans mon sac le carnet sur lequel était noté le numéro de téléphone d'une cousine de Maman, qui habitait en banlieue de Paris depuis la fin des années cinquante.

Je lui avais rendu visite lors du voyage précédent. Elle et son mari étaient restés figés dans le Vietnam révolutionnaire. Lui portait le casque vert des soldats communistes pour piocher la terre de son jardin comme feraient les paysans, et elle, en pantalon noir et chemise sombre, me lavait les cerises fraîchement cueillies en les frottant une à une comme si elle était encore au Vietnam, où les herbes et les laitues devaient être aseptisées avec de l'eau violette au permanganate de potassium. Elle m'avait sorti les vieilles lettres de Maman, avec qui elle correspondait régulièrement jusqu'à sa disparition. Elle lui écrivait en vietnamien et Maman, en français. Les deux femmes avaient le même âge et cette cousine avait été sa confidente pendant les années difficiles avec sa « mère froide ». Maman m'avait donné son nom et ses coordonnées sans davantage d'explication, à l'exception d'une courte phrase sur une carte sans enveloppe : « Ma sœur, je te présente ma fille et, un jour, je t'expliquerai. »

Cette cousine, devenue une dame vieillissante
au dos bossu, m'a prise en photo pour la suite de
l'histoire familiale, avec un vieil appareil protégé
par son étui en cuir. Elle promettait de nous les
envoyer, et moi, à l'inverse, je m'engageais à faire
de même avec celles de Maman et de mes enfants.
Je savais que je pouvais arriver chez elle sans pré-
avis comme la dernière fois, comme au Vietnam,
où l'on ouvrait la porte sans savoir qui se trouverait
derrière.

bà con
•
parenté

Maman et moi avions surgi chez sa Sœur Deux
un jour sans avoir donné signe de vie au préa-
lable. Maman avait refait surface pour lui éviter un
danger imminent.

Sœur Deux était mariée à un haut fonctionnaire à la retraite de l'ancien régime politique, ce qui le transformait en ennemi du peuple sous le communisme. À cette époque, il suffisait d'habiter dans une grande propriété pour être soumis à diverses accusations. La famille de Sœur Deux correspondait au portrait de ces capitalistes coupables de la déchéance du pays ainsi que de sa déchirure et de son indécence. Après plus de vingt ans d'absence, Maman avait sonné à la porte et Sœur Deux l'avait reçue et installée dans la maison comme si l'absence n'avait été que physique ; ou que le temps avait expliqué l'absence ; ou que les rides sur leurs visages racontaient déjà leurs vies respectives vécues dans l'absence de l'autre.

Grâce à son statut de participante à la révolution, Maman avait pu empêcher l'expulsion de la famille dans les zones hostiles pour défricher la terre et creuser des canaux avec une pelle à la main et des rations d'orge dans le ventre. Personne ne pouvait alors comparer ces territoires arides et hostiles à ceux de la Sibérie parce que personne n'aurait probablement survécu aux deux endroits, selon les dires des revenants, qui dormaient dans la rue, souvent sur le trottoir devant leur ancienne maison. Je me demandais s'il n'était pas insupportable d'avoir son passé planté devant soi. Peut-être espéraient-ils que par compassion les nouveaux occupants les ramasseraient, leur redonneraient un coin de la maison, pour que le passé ne soit plus une tare, pour que les gens n'aient plus à noircir au crayon-feutre des visages

controversés et des drapeaux de l'ancien régime
sur les photos et, surtout, pour réintégrer le passé
au présent.

Alors que je tâtais le carnet d'adresses dans mon sac à main, j'ai vu au coin opposé à la sortie de l'aérogare un homme courir vers moi. En moins d'une seconde son visage est apparu et, à cet instant précis, j'étais dans le présent; un présent sans passé. Il s'était tenu à l'écart pour observer mon arrivée, pour nous mettre à l'épreuve, pour mesurer sa résistance, qui avait duré exactement dix-sept secondes. Une éternité, m'avait-il dit en ajoutant : « C'est l'évidence. »

Dans mon entourage, j'entendais souvent l'expression « C'est pas évident! » mais jamais le contraire, et toujours en adjectif. En nom commun, je ne connaissais que la définition anglaise qui parle de preuves, ou « *a body of facts* », qui confirme ou infirme une croyance ou qui aide à tirer une conclusion. Entre le français et l'anglais, les faux-amis tendent leurs pièges et, chaque fois, je succombais.

Luc savait que je commettais énormément d'erreurs de grammaire, de logique, mais aussi de compréhension. Une fois, je lui avais envoyé une chanson en soulignant mon vers préféré : « J'ai échappé mon cœur », sans savoir que, grammaticalement, on ne pouvait que s'échapper de son cœur ou que notre cœur nous échappait, mais qu'il était impossible de le perdre accidentellement. Malgré l'explication détaillée de cette utilisation erronée du verbe « échapper », Luc adoptait parfois mes québécismes avec affection : le mot « vadrouille » avait gentiment chassé la serpillière, et « par après » délogeait « par la suite ».

Tel un sherpa, il me guidait à travers les détours et les méandres de la langue française, déshabillant les mots couche par couche, une nuance à la fois, comme s'il dépouillait une rose de ses pétales. Ainsi, le sens du mot « évidence » m'a été expliqué, souligné et exprimé de cent façons, dans des contextes aussi variés qu'inattendus.

Selon lui, c'est l'évidence qui lui avait montré les crochets dissimulés derrière la boucle des brides de mes escarpins puisque ses mains les avaient enlevés sans hésiter, comme s'il avait répété ce geste toute sa vie. C'est aussi l'évidence qui m'avait fait sentir en droit de déposer mes lèvres dans le creux de ses clavicules et d'y élire mon lieu de repos. Je ressentais pour la première fois l'envie de planter mon drapeau dans ce centimètre carré et de le déclarer mien, alors que Maman et moi avions quitté tant d'endroits sans même jeter un dernier coup d'œil derrière nous. Si ce n'était pas pour l'évidence, nous aurions vu le soleil descendre sur la ville et je lui aurais récité le poème d'Edwin Morgan.

When you go,
if you go,
and should I want to die,
there's nothing I'd be saved by
more than the time
you fell asleep in my arms
in a trust so gentle,
I let the darkening room
drink up the evening, till

rest, or the new rain
lightly roused you awake.
I asked if you heard the rain in your dream,
and half-dreaming still you only said, I love you.

Lorsque vous me quitterez,
si vous me quittez,
et que je voudrai mourir
rien ne saura me secourir
mieux que ce moment
où vous étiez tombée endormie entre mes bras
dans un abandon si doux
je laissai s'assombrir la chambre
qui s'abreuvait de la soirée, jusqu'à ce que
le repos, ou la pluie naissante
vous ait doucement éveillée.
Vous demandant si vous aviez perçu cette pluie
    dans vos songes
toujours somnolente vous aviez simplement
    murmuré : je vous aime[8].

8. Edwin Morgan, *New Selected Poems*, Carcanet Press, Manchester, 2000.
    Traduction de Julie Macquart.

Luc s'est endormi à côté de moi alors qu'il n'avait *da* .
jamais pu s'abandonner jusqu'au sommeil dans les
bras d'une maîtresse. Pour ma part, j'avais appris à
m'endormir très rapidement, sur commande, afin
que mes paupières servent de rideaux descendant
sur les paysages ou les scènes dans lesquels je préférais m'absenter. J'avais la capacité de passer de
consciente à inconsciente en un claquement de
doigts, entre deux phrases, ou avant que la phrase
qui me heurterait soit prononcée. Étrangement,
pendant cette journée volée au temps, je n'ai pas
pu fermer l'œil. Je gravais dans ma mémoire chacune des parcelles de la peau de Luc. Je comptais
chacun des plis de son corps, dont ceux de son cou,
de la fosse cubitale, cet envers du coude et du creux
poplité, le « H » juste derrière les genoux, tous ces
sillons où la saleté se logeait quand j'étais petite.

Les mères devaient frotter ces endroits qui empri-
sonnent la poussière portée par le vent et captée
involontairement par les enfants. En observant les
tracés du corps de Luc, j'ai réalisé que je n'avais
pas eu l'occasion de passer mes doigts sur les plis
de mes enfants parce qu'ils n'arrivaient jamais
à la maison avec des « colliers » noirs autour du
cou, comme moi après une journée d'école. L'air
de Montréal devait avoir été filtré, purifié, ou
serait-il tout simplement trop pur pour laisser des
traces ? La blancheur de la peau de Luc portait cette
pureté, même si la cicatrice au-dessus de sa pau-
pière racontait sa proximité avec son chien et celle
sur sa cheville, sa jeunesse téméraire, une marque
qui le faisait encore sursauter au moindre toucher.

peau

La cicatrice sur ma cuisse exposait sans douleur la peau brûlée par l'eau chaude d'une bouteille thermos renversée, peut-être par mégarde, par une enfant qui craignait de devoir partager la poudre de lait que je brassais pour elle dans un verre. Maman n'avait jamais vu cette blessure, seulement la cicatrice à son retour des endroits lointains et surtout innommables.

Je n'avais pas vu non plus sa blessure, seulement le trou de la balle qui avait percé son mollet droit. Elle m'avait rassurée en me disant qu'il s'agissait d'un accident. Je l'avais apaisée à mon tour en répondant que c'était une maladresse de ma part. Nous n'avions jamais eu à rediscuter de ces cicatrices puisque Maman ne portait pas de jupe ni moi de minijupe. Mon mari tenait pour acquis que j'étais née avec une tache de naissance, et mes enfants n'y voyaient pas d'anomalie puisque je ne me promenais pas en maillot autour de la piscine et ne m'allongeais jamais sur la plage pour fondre au soleil. Seul Luc avait observé cette légère coloration de la peau assez longuement pour y déceler une carte du monde et y dessiner le chemin par lequel il marcherait jusqu'à moi. Entre-temps, il devait assister à une rencontre de parents avec sa femme, à l'école des enfants, loin de moi.

J'ai écouté ses pas sur les premières marches avant de courir vers le balcon. Il est revenu dans la chambre et m'a trouvée penchée par-dessus la rampe, sur le bout des orteils, attendant l'apparition de sa silhouette sur le trottoir. Je suis descendue avec lui jusqu'à sa voiture pour qu'il reparte, pour qu'il continue à être un bon père. Je lui ai rappelé qu'il ne m'abandonnait pas, que le lit portait encore la forme de son dos, et l'oreiller, celle de son bras qui m'avait cherchée après le bref moment où il s'était assoupi. J'étais assise à un souffle de lui, juste assez loin pour veiller sur son sommeil sans le déranger.

J'avais appris à glisser silencieusement à l'intérieur tout comme à l'extérieur de la couverture parce que mon mari avait le sommeil très léger. Dès nos premiers mois de vie commune, il m'avait demandé de lui coudre un long coussin rond comme celui qu'il entourait de ses bras et de ses jambes pour s'endormir lorsqu'il était enfant. Seul ce coussin de la taille d'un humain l'apaisait et l'empêchait de rêver à son grand-père, qui rassemblait souvent dans la salle des ancêtres, au milieu de la nuit, les petits-enfants et les enfants vivant sur le terrain familial pour que tous s'agenouillent devant lui et l'écoutent disputer sa femme. Son grand-père imposait son autorité à la maison de la même manière que sur sa base militaire. Il exigeait une obéissance absolue pour pouvoir continuer à donner des ordres qui déchiraient le ciel et les destins par centaines sans cligner des yeux, sans s'effondrer. Mon mari dormait avec les nerfs à fleur de peau. Il suffisait d'une maladresse de ma part pour qu'il s'éveille en sursaut avec des yeux apeurés qui me fixaient, surpris de ma présence. Luc avait eu ce même regard terrifié lorsqu'il avait inconsciemment senti non pas ma présence, mais mon absence.

xèo
·
pschiii!

Les soirs où nous avons présenté le menu vietnamien, Luc avait installé trois îlots au restaurant. Le premier soutenait d'énormes plateaux en jacinthe d'eau tressée remplis d'herbes fraîches pour la préparation des rouleaux de printemps et de la salade de papaye verte au bœuf séché mariné dans l'alcool de riz, enrobé de graines de sésame, grillé à très basse température pendant dix heures. Deux jeunes Vietnamiennes en blouse de soie fendue sur les côtés jusqu'à la taille maniaient les galettes avec la lenteur des pays chauds et l'orgueil des jeunes filles en fleur.

Luc avait décoré le deuxième îlot de quatre paniers de palanches contenant des bols, des vermicelles et deux grands chaudrons de bouillon dont un typique de Hué, l'ancienne ville impériale qui se vantait de la finesse de sa cuisine conçue et élaborée pour servir les empereurs et les dignitaires.

Le troisième m'était réservé pour tourner les crêpes au curcuma, au porc et aux crevettes, une opération qui exigeait souplesse du poignet et vitesse dans le mouvement afin que le mélange adhère à la fois au fond et aux parois de la poêle en une mince couche. Puisque le nom de ce plat — *bánh xèo* — évoque le son du pétillement du liquide au contact de la chaleur, le feu doit être élevé mais contrôlé pour empêcher l'ébullition. Le défi était de farcir la crêpe de fèves germées et de fèves jaunes et de la plier en deux sans la briser. Il me fallait toujours beaucoup de courage pour casser le premier morceau, mais celui offert à Luc a été sans peine. Je voulais qu'il goûte le plaisir de sentir la crêpe céder, craquer entre ses lèvres. Je devinais cette croûte légère fondant dans sa bouche et disparaissant instantanément, aussi vite qu'un battement d'ailes. Et je me suis empressée d'envelopper la deuxième bouchée avec une feuille de laitue moutarde pour qu'elle laisse sur sa langue un soupçon d'amertume et de fraîcheur.

Pendant les heures de repas, je le voyais se promener de table en table en essayant de convaincre les convives d'utiliser leurs mains pour aborder cette crêpe à la fois majestueuse et si fragile. Même si la salle était bondée, lever les yeux des trois woks pétillants ne serait-ce qu'une demi-seconde me faisait rencontrer immanquablement ceux de Luc, en train d'ouvrir une bouteille de vin à une table en retrait ou de saluer une cliente fidèle à l'entrée. Je m'y reconnaissais comme je m'étais reconnue dans le miroir sur le mur de notre chambre où nous avions arrêté le temps. Je n'avais que quelques miroirs dans ma maison à Montréal, un trop haut, un trop loin et un minuscule accroché sur la porte d'entrée par mon mari pour chasser les mauvais esprits. Comme ces derniers, qui sont terrifiés par leur propre reflet, je sursautais chaque fois que je croisais le mien parce qu'il ne correspondait pas à l'image que j'avais de moi. Pourtant, à côté du visage de Luc, le mien me ressemblait, comme une évidence. Si j'étais une photographie, Luc serait le révélateur et le fixateur de mon visage, qui n'existait jusqu'à ce jour qu'en négatif.

gương
•
miroir

À la fin de ce séjour, j'ai pleuré pendant six heures dans cet horrible avion qui me coupait de lui, de nous, de moi. J'avais perdu pied à trois reprises pendant le trajet entre l'aéroport et la maison… une marche trop haute, une porte trop petite, un mot trop long. Heureusement, je suis arrivée au milieu du brouhaha habituel du quotidien : devoirs, cours de danse, entraînement de hockey, restaurant… La vie m'a rattrapée dans ma chute et la lettre de Luc sur le bureau de l'atelier a maintenu mon équilibre. Dans l'enveloppe, une seule phrase s'y trouvait : « Tu es arrivée », écrite à l'intérieur du contour de sa main gauche tracée au crayon. Il l'avait envoyée le lendemain de ma venue à Paris en espérant qu'elle amortirait mon atterrissage à Montréal.

Au cours des jours et des semaines suivants, il m'a envoyé en photo la rue où il s'était arrêté pour aider une vieille dame à monter son sac de courses sur le trottoir, une poignée de porte nouvellement installée, le café qui l'attendait près d'une raffinerie bordée de coquelicots. Nous avons tenté l'ubiquité en imbriquant nos univers et en déplaçant les continents. Nous élaborions des scénarios pour empêcher la tornade qui nous engloutissait de ravager les terres et de détruire les nids que nous avions construits brindille par brindille pendant presque deux décennies.

À mon anniversaire, une date choisie au hasard par *sinh nhật* Maman au bureau d'enregistrement du certificat de naissance, Luc m'a offert vingt-quatre heures anniversaire en cadeau. Il est venu me rejoindre à Québec, où je donnais un atelier de cuisine. Nous avons passé la nuit à mesurer et remesurer son long fémur contre le mien, à compter le nombre de baisers requis pour recouvrir mon corps en comparaison avec le sien et, surtout, à se moquer de mon impatience à son arrivée. J'avais surgi de ma cachette derrière la robe de chambre accrochée dans la salle de bain dès que le déclic de la porte s'était fait entendre. Sans élan, j'avais sauté à son cou.

Julie m'avait emmenée dans un cours où l'un des exercices consistait à grimper sur une échelle et à se laisser tomber en arrière pour être rattrapée par les autres membres du groupe. J'avais fait plusieurs tentatives, en vain. Or, maintenant, si c'était à refaire, je me lancerais les yeux fermés, avec la même irréflexion qui avait permis à mon corps de s'affaisser contre celui de Luc.

Je m'en veux encore aujourd'hui de m'être assoupie à quelques reprises durant cette nuit comme si nous avions une vie commune déjà établie devant nous, tout entière et possible. Je crois que Luc a fait nuit blanche puisque chaque fois que j'entrouvrais les yeux, mon regard était accueilli par le sien, qui l'attendait avec la tendresse de la certitude. Dès l'aube, nous sommes sortis sentir la rosée et le parfum des muffins aux carottes, mes préférés si je n'avais pas goûté à la tarte Bourdaloue aux poires et aux pistaches que nous avions dégustée ensemble sur les marches de l'église Saint-Eustache à Paris.

Il est reparti le lendemain après-midi en me demandant de coudre un de mes cheveux dans le tissage de son veston et un autre dans le fond de la poche droite de son jean. Sur le quai de la gare, il a signé dans ma paume qu'il s'engageait à aimer le froid et la couleur blanche des draps, à laquelle je tenais tant. Et puis, sans prévenir, il est redescendu du train pour m'annoncer qu'il prendrait un taxi afin de nous donner une demi-heure de plus, et aussi pour planifier mon retour en France en réponse à l'invitation de deux restaurateurs de province.

Il y a eu cette visite, et puis deux autres qui m'ont donné le temps d'embrasser et de baptiser chacun des grains de beauté rouges de Luc avec le nom d'un lieu où nous existerions sans blesser aucun de nos proches, nos premières raisons d'être. Je comptais chacune des taches rubis avec l'attention et la fierté de la plupart des Vietnamiens, qui leur confèrent le rôle de la chance et les considèrent comme précieuses en raison de leur rareté sur une peau foncée. Je lui montrais la couleur jaune de ma paume et lui me parlait du « grain » de ma peau presque « imberbe », deux mots que Luc avait ajoutés à mon vocabulaire en les plaçant à côté de « dépendance » et de « gourmandise », vieux termes qui avaient reçu une toute nouvelle signification.

ruồi son
•
angiomes
rubis

va-li
•
valise

La dernière fois que nous nous sommes vus à Paris, alors que nous fermions ma valise à la hâte, Luc m'a demandé : « Si je me présentais à ta porte la semaine prochaine, que dirais-tu ? » Par réflexe, sans même avoir pris le temps de suspendre mes gestes, j'ai répondu par un seul mot, « Catastrophe », en l'embrassant. C'était une réelle question et je ne l'ai pas comprise.

J'ignorais que beaucoup de larmes avaient coulé *đinh*
chez lui, que des mots indicibles avaient été lancés ·
et des blessures, infligées. Quand j'ai finalement clou
saisi l'étendue de sa question et la portée de ma
réponse, il était déjà trop tard. Le dernier clou a
été enfoncé sur le couvercle de mon cercueil quand
sa femme, sans faire de reproche, m'a fait part de
sa volonté au téléphone : « Je reste. Vous me com-
prenez ? Je reste. »

J'ai reçu cette déclaration alors que j'étais en train de
préparer des vivaneaux aux dix condiments cuits à la
vapeur (*cá chưng*) pour une soirée d'anniversaire de
mariage. Sur la table de travail, les cheveux d'ange, les
champignons cat's ear, les shiitakes, les fèves de soja
en saumure, la viande de porc haché, les carottes et
le gingembre râpés en filaments, les piments taillés,
tout était prêt à part les fleurs de lys. Je les nouais
une à une pour que les pétales ne se défassent pas
pendant la cuisson. Ce geste répétitif me permettait
d'entendre dans ma tête la voix de Luc me chuchoter
des chansons guimauves sans que personne s'en
aperçoive. Je ne m'attendais pas du tout à cet appel de
sa femme, qui m'a pétrifiée. Je me souviens d'avoir
vu mes mains continuer à enlever les pistils des lys,
à garnir les poissons et à les placer dans l'énorme
bain-marie à grands trous, mais j'ai oublié le reste,
la suite.

Maman avait étudié chez les sœurs catholiques *xé lòng*
toute sa jeunesse. Elle connaissait beaucoup ·
d'histoires de la Bible, qu'elle me racontait pour déchirer
soutenir un message ou un enseignement. Cette l'âme

nuit-là, j'ai pris la charge du nettoyage et de la fermeture de la cuisine. Elle est restée avec moi et m'a glissé l'histoire du jugement de Salomon avant de disparaître dans l'escalier.

J'ai lavé le plancher de la cuisine à genoux avec une brosse à la main et des larmes à profusion. J'ai aiguisé les couteaux à la pierre. J'ai enlevé les fleurs fanées et les feuilles mortes dans le jardin à la lueur d'une lampe de poche. Et j'ai surtout retenu mon souffle pour me couper en deux, m'amputer de Luc, mourir en partie. Sinon, il mourrait tout entier, déchiré en deux, en sept, déchiqueté en mille morceaux, faisant de ses enfants des blessés collatéraux.

Je me suis réfugiée dans la confection de plats exi-
geants en temps. Julie me soutenait dans ces pro-
jets déraisonnables en allégeant mon horaire et
mes tâches habituelles sans m'en faire part. Pour
le Têt, le Nouvel An vietnamien, j'ai passé des nuits
entières à retirer les os des poulets sans les abîmer
avant de les farcir et de les recoudre. J'ai également
fait don au temple bouddhiste du quartier d'une
grande plante remplie de mandarines accrochées
une à une sur les branches. Chaque fruit portait
un vœu enroulé autour de sa tige, destiné à celui
qui le cueillerait au coup de minuit. À la fête de
la lune en août, j'ai préparé les *bánh trung thu*, les
gâteaux carrés de la mi-automne que les Vietnamiens dégustent en regardant les enfants se promener dans la rue avec leur lanterne rouge allumée
d'une bougie. Les farces varient selon les goûts et
le temps que nous y consacrons.

Moi, je possédais l'éternité parce que le temps est
infini quand on n'attend rien. J'avais donc choisi
une farce qui contenait de nombreuses sortes de
noix et des grains de pastèque grillés, que je décor-
tiquais en craquant très fermement la dure écorce
de chacun. Afin de ne pas toucher la fine chair à
l'intérieur, il fallait beaucoup de contrôle pour
arrêter d'insister au bon moment. Autrement, la
chair se brisait comme un rêve au réveil. C'était un
travail de moine qui me permettait de me retirer
dans mon univers, celui qui n'existait plus.

Heureusement, la langue vietnamienne ne com-
porte pas de temps de verbe. Tout se dit à l'infinitif,
au temps présent. Ainsi, il m'était facile d'oublier

d'ajouter « demain », « hier » ou « jamais » à mes phrases pour que la voix de Luc redevienne sonore.

J'avais l'impression que nous avions vécu toute une vie ensemble. Je pouvais visualiser avec précision la position de son index droit pointé vers le ciel quand il était contrarié, son corps au repos à l'ombre des persiennes, sa façon d'entourer son grand foulard bleu royal autour de son cou lorsqu'il courait après ses enfants.

L'absence de Luc avait fait disparaître non seulement lui-même et « nous », mais également une
grande partie de moi. J'avais perdu la femme qui
riait comme une adolescente en goûtant les dix
parfums de sorbet chez le plus vieux glacier de
Paris, et aussi celle qui osait se regarder nue longuement dans un miroir pour déchiffrer le reflet du
mot écrit au feutre sur son dos. Aujourd'hui, quand
je me mets sur une escabelle devant le miroir de la
salle de bain, je réussis parfois à retrouver la trace
diffuse des lettres : « rouma » si je lis de haut en
bas le long de mon échine et « amour » dans le
sens inverse.

Je ne me rappelle plus exactement combien de
temps s'est écoulé avant que Maman intervienne.
Dans le noir absolu de sa chambre, où elle m'avait
demandé de passer la nuit, elle a mis dans ma
main une petite plaque en métal de la taille d'un
biscuit de thé. C'était un des deux *dog tags* de
Phương, le jeune garçon devenu soldat qui lui
avait donné un poème quand elle était adolescente. Les deux plaques d'identification embos-
sées avec les mêmes informations essentielles le
concernant devaient être portées en tout temps
autour du cou, à moins qu'il ne tombe sur le
champ de bataille et qu'un camarade d'armes n'en
arrache une pour la rapporter à la base. Avant de
partir, il était allé la voir en uniforme et lui avait
remis cette plaque pour lui offrir « la vie qu'il
n'avait pas vécue » et son rêve d'elle qui res-
terait éternellement rêve s'il ne revenait pas la
récupérer.

thẻ bài
.

dog tags

Pendant de nombreuses années, chaque fois que Maman voyait un casque militaire abandonné sur le bord d'une rizière, ou entre les roseaux, tourné à l'endroit ou à l'envers, vide ou rempli d'eau de pluie, elle croyait s'effondrer de l'intérieur. Si ses pieds n'avaient pas été obligés de continuer à avancer dans les pas de ses camarades, elle se serait agenouillée à côté de ces casques et ne se serait jamais plus relevée. Heureusement, le silence de la file indienne la maintenait droite, car un faux mouvement pouvait faire sauter une mine et mettre en danger la vie de tous ces soldats prêts à empêcher les canons de glisser sur une pente boueuse en se couchant devant les roues, en se sacrifiant pour la cause d'une nation.

Une fois revenue de la jungle, elle avait retrouvé Phương, qui habitait la maison familiale avec ses parents vieillissants et son enfant encore au sein de sa mère. Il était devenu médecin, un homme respecté et aimé, aux dires des gens du village. Elle l'avait observé s'installer pour la sieste du midi dans son hamac à l'ombre des cocotiers. Torse nu, la chemise accrochée sur une branche, sa chaîne de l'armée encore autour du cou. Elle l'avait regardé dormir et se réveiller. Elle s'attendait à ce qu'il se lève lorsqu'il avait bougé son bras, mais il était resté immobile dans le bruissement des feuilles et le clapotis des coups de queue des carpes dans l'étang. C'est dans ce calme paisible du quotidien qu'elle avait aperçu la main de Phương chercher le fermoir de la chaîne entourée du ruban qu'elle avait retiré de ses cheveux pour le lui offrir le soir de son départ. Ce ruban n'était pas en satin comme ceux de ses jeunes demi-sœurs, puisqu'elle avait dû le créer en tissant et en torsadant très serré les centaines de bouts de fils de broderie jetés par sa belle-mère.

hy sinh .
sacrifice

Maman a fait tourner la tête de Phương non en avançant dans sa direction, mais par le bruit de ses deux pas en arrière. Elle est restée dos à lui jusqu'à son départ à sa clinique médicale. Par amour, elle n'y est jamais retournée.

ăn sáng
•
petit-
déjeuner

Ni Maman ni moi n'avons fermé l'œil cette nuit-là. Le lendemain, j'ai préparé le petit-déjeuner des enfants comme tous les matins, avec le moins de bruit possible pour ne pas réveiller mon mari, qui préférait ses matins calmes et en solitaire. Je leur tendais leur boîte à lunch sur le seuil de la porte comme tous les jours, mais ce matin-là j'ai senti la main de Luc caresser le haut de mon dos afin que je me penche à leur niveau et les embrasse, comme il l'aurait fait s'il avait été présent, comme il le faisait avec ses propres enfants tous les matins.

Et le surlendemain, j'ai glissé dans l'emballage de leur sandwich un tout petit mot, le même que Luc m'écrivait à la fin de chaque message telle une signature : « Mon ange, je t'aime. »

Depuis, je peigne les cheveux de ma fille avec les mêmes mouvements que Luc, qui chérissait chacun des miens. De même, j'applique la crème sur le dos de mon fils en caressant la peau de sa nuque.

Puis, un après-midi, au bras de Julie, je me suis rendue chez l'esthéticienne vietnamienne qui m'avait raconté que ses clientes lui attribuaient le pouvoir de déjouer le destin et de leur donner de nouvelles chances en leur tatouant des grains de beauté rouges à des endroits stratégiques recommandés par des « liseurs de destins ».

À la première visite, je me suis fait tatouer un point yên lặng rouge à la lisière du front, à un centimètre à gauche de la ligne du nez. J'ai pris un deuxième rendez-silence vous pour un deuxième grain en haut de l'inté- rieur de la cuisse droite le jour où j'ai eu besoin d'une raison pour regarder le ciel bleu et attendre d'y voir les traces d'un avion. La troisième fois, c'était en l'honneur de la feuille d'érable japonais retrouvée par hasard entre deux pages de mon dictionnaire, que Luc avait envoyée avec la bague que nous avions choisie ensemble. Il y avait un jardin intérieur dans cette bijouterie, hébergeant cet arbre miniature. La propriétaire avait permis à Luc d'en cueillir une feuille lorsqu'il y était allé un mois plus tard pour récupérer la bague ajustée à mon doigt. Il neigeait très légèrement la quatrième fois. Un gros flocon s'est déposé sur le bout de mon nez ce matin-là, à l'endroit même où Luc en avait enlevé un autre avec ses lèvres.

Ces visites chez l'esthéticienne me permettaient de reproduire sur mon corps ces points rouges de Luc que je connaissais par cœur. Je crois que le jour où je porterai tous ses points tatoués, je pourrai en les reliant dessiner la carte de son destin sur mon corps. Et ce jour-là, peut-être qu'il se pré- sentera à ma porte, me prendra par la main comme il le faisait d'instinct et m'empêchera de dire « Catastrophe » en m'embrassant.

Suivez les Éditions Libre Expression
sur le Web : www.edlibreexpression.com

Cet ouvrage a été composé en Filosofia 12/15 et achevé d'imprimer
en juillet 2013 sur les presses de Marquis imprimeur, Québec, Canada.

Imprimé sur du papier 100 % postconsommation,
traité sans chlore, accrédité Éco-Logo et fait à partir de biogaz.

certifié

procédé
sans chlore

100 % post-
consommation

archives
permanentes

énergie
biogaz